Andy Briggs
Inventory

Andy Briggs

INVENTORY

Tresor der gefährlichen Erfindungen

Aus dem Englischen
von Simone Wiemken

Arena

Für Dad, immer ein neues Abenteuer ...

Die Originalausgabe erschien 2016 unter dem Titel
The Inventory – Iron Fist bei Scholastic Ltd, London.

2. Auflage 2017

Aus dem Englischen von Simone Wiemken
Umschlaggestaltung: Juliane Hergt, unter Verwendung des Originalcovers
© by permission of Scholastic Ltd
Gesamtherstellung: Westermann Druck Zwickau GmbH
ISBN 978-3-401-60363-6

Besuche uns unter:
www.arena-verlag.de
www.twitter.com/arenaverlag
www.faceboook.com/arenaverlagfans

DIE MACHT DER ANGST

Pavel Branonovs Herz raste, als er in der muffig riechenden Wohnung herumsuchte. Mit zitternden Händen riss er vergilbte Bücher von den Regalen; er überflog nur die ersten Seiten und schlug dann das nächste Buch auf.

Ihm lief die Zeit davon, aber es musste hier sein ...

Plötzlich erstarrte er und neigte lauschend den Kopf zur Seite, während das Heulen der Polizeisirenen immer lauter wurde. Sie waren ihm auf den Fersen. Um seine Panik zu unterdrücken, holte er tief Luft und durchsuchte weiter die Bücher im Regal.

»Komm schon, komm schon«, murmelte er auf Russisch. Und dann fand er es: ein kleines handgeschriebenes Notizbuch. Die vergilbten Seiten waren mit einer schrägen, krakeligen Schrift vollgeschrieben. Auf der ersten Seite stand:

EISENFAUST IVX – 1987112 – SICHERHEITSPROTOKOLL:
HÖCHSTE GEHEIMHALTUNGSSTUFE.

Er konnte es kaum fassen – es entsprach also der Wahrheit! Für den Bruchteil einer Sekunde ging ihm durch den Kopf, welche unglaublichen Chancen sich ihm jetzt boten.

Aber das Piepen der Weckfunktion seines Handys riss ihn

zurück in die Gegenwart. Ihm wurde nur allzu bewusst, dass jeder weitere Piepton ein Nagel in seinem Sarg war.

Mittlerweile heulten die Sirenen unten auf der Straße. Seine Zeit war abgelaufen. Er verstaute das Buch sicher in seiner Jacke und stieg über den Körper hinweg, der den Ausgang blockierte. Es tat ihm leid, was er dem alten Mann angetan hatte – er war ein Kollege, und noch dazu ein netter –, aber wenigstens verursachte der Amnesie-Schockstab keine Schmerzen, und wenn der Alte aufwachte, würde er sich an nichts erinnern.

»Verzeih mir, Genosse«, murmelte er und trat aus der heruntergekommenen Wohnung auf den Flur hinaus.

Der Dielenboden knarrte bei jedem Schritt, als er auf die Treppe zulief. Aber bevor er auch nur die oberste Stufe erreichte, kam ihm bereits ein Polizist mit gezogener Waffe entgegen.

»Stehen bleiben!«

Pavel machte genau das Gegenteil. Er rannte den Flur entlang zum Fenster. Der Polizist stürmte die Treppe hoch, während Pavel an dem aufgequollenen Fensterrahmen zerrte. Mit einem Kreischen, das ihm durch Mark und Bein ging, ließ er sich endlich hochschieben. Er kletterte hindurch und schürfte sich das Knie an der rostigen Feuerleiter auf. Aus dem Augenwinkel sah Pavel, wie der Polizist zum Fenster rannte, und begann, die Feuerleiter hinunterzusteigen, so schnell er konnte.

Wie alles in diesem Moskauer Vorort war auch die Leiter seit Jahrzehnten nicht mehr gewartet worden. Ein eiskalter Winter zu viel hatte mehrere Sprossen durchrosten lassen. Sie zerbrachen unter Pavels Schuhen und er stürzte auf die Straße.

Er landete auf dem Rücken. Zum Glück dämpfte der frisch gefallene Schnee seinen Sturz ein wenig, aber er hörte trotzdem etwas brechen – vielleicht eine Rippe. Aber darüber brauchte er sich keine Sorgen zu machen. Er hatte nur noch drei Minuten zu leben.

Die Gasse, in der Pavel gelandet war, führte in beiden Richtungen auf größere Straßen, aber er wusste nicht genau, auf welcher Seite des Gebäudes er sich befand. Der Fluchtwagen stand vor dem Haus. Es spielte also keine Rolle, in welche Richtung er lief.

Pavel rappelte sich auf und rutschte sofort auf der Eisschicht unter dem Schnee aus. Er schaffte es, auf den Beinen zu bleiben, doch ein höllischer Schmerz schoss durch seinen Knöchel. Er war gebrochen – das war das knackende Geräusch gewesen. Er ignorierte die Schmerzen und humpelte auf die Straße zu. Wieder piepte sein Handy, was ihm verriet, dass seine Lebenserwartung um ein Drittel geschrumpft war.

Er hatte das Ende der Gasse noch nicht erreicht, als ihm plötzlich jemand den Weg versperrte. Im ersten Moment fürchtete Pavel, dass die Polizisten ihn eingeholt hatten.

Aber es war kein Polizist, sondern ein großer Mann in einem Anzug, dem die beißende Kälte nichts auszumachen schien. Er trug eine merkwürdige Brille mit gelben Gläsern, die seine Augen verbargen. Sein Gesicht war vollkommen ausdruckslos, als hätte er bei einem Unfall die Fähigkeit verloren, seine Gesichtsmuskeln zu bewegen. Pavel kannte ihn nur als den Collector. Die kalte Grausamkeit des Mannes war schon fast legendär.

Der Collector streckte seine Hand aus, die in einem schwarzen Lederhandschuh steckte, und obwohl er akzentfreies Russisch sprach, bezweifelte Pavel, dass es seine Muttersprache war. »Haben Sie es?«

»Die Polizei ...«, keuchte Pavel und zeigte über seine Schulter.

Wie aufs Stichwort bog ein Streifenwagen schlitternd in die Gasse ein. Die Sirene heulte und der Fahrer versuchte, den ausbrechenden Wagen durch heftiges Gegenlenken wieder unter Kontrolle zu bekommen.

Der Collector hob die Hand und streckte die Finger aus. Pavel sah so etwas wie Rauch von dem Lederhandschuh aufsteigen. Er brauchte eine oder zwei Sekunden, um zu erkennen, dass es kein Rauch war, sondern feinste Nanopartikel, die zwischen den Fingern des Collectors herumschwirrten wie Bienen, bis sie schließlich auf den Polizeiwagen zuschossen.

Die Wolke traf das Auto in voller Fahrt – und es kam von einem Moment auf den anderen zum Stehen. Die Sirene gab ein letztes gequältes Jaulen von sich und verstummte. Pavel begriff nicht, was da vor sich ging ... bis das Fahrzeug zu wabern begann und flach wurde.

Flach.

Alle physikalischen Gesetze schienen ausgehebelt, denn der Staub hatte das Polizeiauto in einen *zweidimensionalen* Gegenstand verwandelt. Es war so hoch und breit wie zuvor, hatte aber keine Tiefe mehr und war so platt wie ein Foto. Pavel konnte die Polizisten im Auto sehen, die panisch von innen gegen die Windschutzscheibe hämmerten, als würden sie in einem Fernsehbildschirm festsitzen. Dann kippte das Bild um und zerplatzte. Es zersprang in Milliarden Pixel, bis die Männer und ihr Fahrzeug nichts anderes mehr waren als unsichtbare Moleküle im Schnee.

Pavel sah den Collector entgeistert an. »Wie haben Sie …?«

»Haben Sie es?« Die Stimme des Collectors war jetzt ein ungeduldiges Knurren.

Pavel zögerte. Seit er sich mit dem Collector eingelassen hatte, waren ihm Dinge widerfahren, die er lieber nie erlebt hätte. Furchtbare Dinge, die ihm schwer auf der Seele lagen und ihn sogar zum Mörder gemacht hatten. Das Piepen seines Handys nahm ihm die Entscheidung ab.

»Ja. Hier ist es.« Er zog das kleine Buch aus der Jacke und gab es dem Collector. »Seine letzte Ruhestätte.«

Ohne es aufzuschlagen, steckte der Collector das Buch ein. Obwohl sein eigenes Leben in Gefahr war, musste Pavel es wissen: »Dann ist *alles* wahr? Es gibt diesen Ort wirklich?«

»Seine Existenz und sein Standort standen nie im Zweifel.« Der Collector klopfte auf seine Tasche. »Aber das Buch sagt mir, wie die Eisenfaust *funktioniert*. Das ist der Schlüssel zu meiner Operation.«

»Ich habe meinen Teil der Abmachung erfüllt. Alles, was Sie verlangt haben. Dafür haben Sie mir das Gegenmittel versprochen«, sagte Pavel.

Der Collector nickte. »Das habe ich. Und Sie bekommen es.« Doch er rührte sich nicht.

»Wie meinen Sie das? Bitte! Geben Sie es mir!« Pavel spürte, wie sich Kälte in seinen Adern ausbreitete, doch das lag nicht nur am Moskauer Winter, sondern auch an dem Gefühl, betrogen worden zu sein.

»Es gibt kein Gegenmittel. Sie sind niemals vergiftet worden.«

»Was? Das kann nicht sein …«

»Gift ist eine so primitive Waffe. Eine, die ich niemals einsetzen würde. Das einzige Gift war Ihre eigene Angst. Und Angst kann einen Mann in den Wahnsinn treiben. Ihn dazu bringen, die abscheulichsten Dinge zu tun, nur um zu überleben.« Die Stimme des Collectors klang gelassen. Er verhöhnte Pavel nicht, er stellte nur eine Tatsache fest.

»Sie lügen!«, schrie Pavel – und dann piepte sein Handy zum letzten Mal und kündigte damit seinen unmittelbar bevorstehenden Tod an. Doch es passierte nichts. Er sah den Collector verblüfft und auch angewidert an. »Sie haben mich all diese Dinge tun lassen … diese schrecklichen Dinge …«

»Sie haben die Entscheidungen selbst getroffen. Aus Angst um Ihr Leben.«

»Sie haben mich manipuliert!«

Der Collector lachte und legte Pavel eine Hand auf die Schulter. Es war die erste menschliche Geste dieses geheimnisvollen Mannes, den er vor zwei Wochen kennengelernt hatte. »Die Leute leisten immer die beste Arbeit, wenn sie glauben, das Richtige zu tun. Sie haben einen wertvollen Beitrag zu unserer Sache geleistet. Shadow Helix wird darüber informiert werden.«

Plötzlich merkte Pavel, dass erneut Partikel vom Handschuh des Mannes hervorstoben und sich blitzschnell über ihm ausbreiteten. Er öffnete den Mund, um etwas zu sagen, brachte jedoch keinen Ton heraus.

Voller Entsetzen merkte er, wie er sanft nach hinten fiel und in den Himmel starrte – sein Körper nur noch so dünn wie ein Schatten …

FINGER WEG!

Es gibt nichts Tolleres, als zu fliegen, dachte Dev, als er mit fast sechzig Stundenkilometern durch die schmalen Gänge zwischen den Regalen kurvte. Doch nur Sekunden später hatten seine HoverBoots eine Fehlfunktion und stellten ihn auf den Kopf.

Die dunklen Haare wehten ihm in die Augen und er stieß unwillkürlich einen Schrei aus. Verzweifelt versuchte Dev, genug Schwung zu holen, um sich wieder aufzurichten, denn er steuerte direkt auf ein schweres Metallregal zu.

Es klappte nicht.

Er nahm seine ganze Kraft zusammen, schnaufte vor Anstrengung und schaffte es, den Kopf weit genug anzuheben, um dem Aufprall auf das Regal zu entgehen.

»WOW!«, rief er vor Freude über sein knappes Entkommen.

Doch dann gab der rechte HoverBoot einen lauten Knall von sich und aus den Kühlschlitzen quoll schwarzer Rauch. Jetzt wurde Dev nur noch von einem der schweren Boots angetrieben und trudelte abwärts.

Mit einem grässlichen, scharrenden Geräusch zerrte ihn

der verbliebene HoverBoot über den glatten Boden, bis er schließlich in ein weiteres Regal krachte und das Fluggerät endgültig sein Leben aushauchte.

Im Lager herrschte Totenstille.

Dev holte tief Luft. Sein Vergnügungsflug war nicht ganz planmäßig verlaufen.

Hätte schlimmer sein können, dachte er etwas benommen, setzte sich auf und betrachtete den Schaden.

Erst da hörte er das Knarren und schaute gerade rechtzeitig hoch, um zu sehen, wie eines der superschweren Regale umkippte wie ein gefällter Baum. Er hob schützend die Arme, als das Ding auf ihm landete und die fortschrittlichste Technik, für die die Welt noch nicht bereit war, auf ihn herunterprasselte.

»Devon?« Eine wutschnaubende Stimme dröhnte aus seiner Armbanduhr. »Devon Parker? Das gibt *richtig* Ärger!«

»Oh-oh«, seufzte Dev und ließ den Kopf in die Hände sinken.

Es *war* schlimmer.

Es tat ziemlich fies weh, als Dev das Pflaster von seinem Gesicht riss. Der Schmerz blieb noch einen Moment, aber zumindest hatte das Blitzpflaster die Schnittwunde geheilt, die ihm der herabstürzende Technikkram verpasst hatte. Er holte dreimal kurz Luft, bevor er auch das Pflaster am Arm entfernte. Es war genauso schmerzhaft, aber wie die Wunde im Gesicht war auch der tiefe Schnitt am Oberarm vollständig verheilt, ohne die geringste Narbe zu hinterlassen.

Dev seufzte. Wie so viele Dinge im Inventory könnten auch die Blitzpflaster für einen guten Zweck verwendet werden, doch die Verantwortlichen hatten beschlossen, sie der Öffentlichkeit vorzuenthalten. Wieso das so war, verstand Dev nicht. Leute sofort wieder gesund zu machen, war doch eine gute Sache oder etwa nicht? Er drehte sich um und sah zu, wie sich sein Onkel Charles Parker damit abmühte, das schwere Regal wieder aufzustellen. Dabei wurde er von einem mürrischen weiblichen Roboter namens Eema unterstützt.

»War ja klar, dass du hier unten Unsinn anstellen würdest«, bemerkte sie mit ihrer besten Lehrerinnenstimme.

Eema war eine künstliche Intelligenz, ein Computersystem, das die modernste Technik weit übertraf, und außerdem die unbestechliche Bewacherin des Inventorys. Eema konnte man nicht einfach kopieren wie ein *normales* Programm. Sie war etwas *Besonderes.* Ihre körperliche Form bestand aus einer kugelförmigen Metallhülle mit zweieinhalb Metern Durchmesser. Sie konnte einzelne Segmente ausklappen, darunter diverse Arme und Beine und sogar verschiedene Waffen. Über ihrem Körper schwebte ein holografischer Kopf – ein gelbes Emoji in der Größe einer Bowlingkugel. Immer wenn Eema in Devs Richtung schaute, verzog sich ihr normalerweise lächelndes Gesicht zu einer gereizten Miene.

Als das Regal wieder aufgerichtet war, verstauten Charles und Eema die heruntergefallenen Gegenstände sorgfältig wieder an ihren angestammten Plätzen: eine Packung Superknete, einen digitalen Sternzeichen-Detektor (demzufolge Dev jedes Mal, wenn er ihn benutzte, unter einem anderen Sternzeichen geboren war), eine Dose Anti-Graffiti-Farbe und viele andere verbotene Dinge. Charles betrachtete jedes einzelne ganz genau und suchte nach kleinsten Rissen, Beulen oder Kratzern.

Die einzigen Laute, die Devs Onkel ausstieß, waren entnervtes Zungenschnalzen und Seufzer. Dev wäre lieber angeschrien oder ausgeschimpft worden – *alles* wäre besser, als sich das enttäuschte Geseufze anzuhören. Das war psychologische Kriegsführung und davon hatte Dev die Nase voll. Je schneller das Ganze vorüber war, desto besser.

Er warf die zusammengeknüllten Blitzpflaster weg und beschloss, beim Aufräumen zu helfen. Er bückte sich und hob eine weiße Kugel auf.

»NICHT!«, schrie Charles, riss ihm das Ding aus den Händen, drückte es sich schützend an die Brust und streichelte es, als wäre es ein Welpe. »Hast du *irgendeine* Ahnung, was das ist?«

Dev zuckte mit den Schultern. »Nö.« Er hasste es, wenn ihn sein Onkel so vorwurfsvoll ansah.

»Eine Higgs-Bos-Bombe. Weißt du auch, was passiert, wenn sie ausgelöst wird?«

Schon wieder dieser Blick, wie ein verhasster Schulleiter, der einen ahnungslosen Schüler vorführen will.

Dev beschloss mitzuspielen. »Nein, Charles. Was passiert dann?«

Charles' Blick huschte kurz zur Seite. Er konnte es nicht leiden, wenn Dev ihn mit dem Vornamen ansprach. »Genau darum geht es. Das weiß *niemand!* Und deshalb kannst du nicht einfach hier herumtoben wie ein wild gewordenes ... Wiesel.« Er schlurfte zum Regal, um sein geliebtes Objekt wieder einzusortieren.

Dev musste sich ein Grinsen verkneifen. Wahrscheinlich hätte sein Onkel lieber ein anderes Wort benutzt. Dev hob eine kleine Rolle auf, die aussah, als wären es Minzbonbons. Sie mussten ihm bei seinem Absturz aus der Tasche gefallen sein. Er steckte sie ein.

»Es tut mir leid. Das wollte ich nicht. Ich wollte nur diese coolen HoverBoots ausprobieren …« Dev war klar, dass es einfacher wäre, den Zerknirschten zu spielen, statt zu diskutieren.

Charles hob den noch immer qualmenden rechten HoverBoot auf und betrachtete ihn traurig. »Der XV-19 HoverBoot-Prototyp von 1936! *Prototyp* – deswegen ist er hier im Inventory. Ich dachte, das wüsstest du!«

Dev ließ den Kopf hängen. Das alles hatte er schon oft gehört und es nervte ihn jedes Mal. Prototypen. Nur Experimente.

Charles zeigte auf die Regale um sie herum. »Die Öffentlichkeit ist noch nicht bereit für diese Technologien. HoverBoots, Jetpacks, meine Güte, kannst du dir vorstellen, was passiert, wenn irgendeine üble Gang die Camo-Jacken in die Finger bekommt?« Er legte die Kugel sorgsam wieder in ihre Spezialhalterung. »Und du hättest von dem Regal erschlagen werden können«, fügte er hinzu, als wäre das nicht ganz so wichtig.

Dev schüttelte den Kopf; das brachte ihre Beziehung auf den Punkt. Er war nicht ganz so wichtig.

»Ich dachte immer, du hättest Höhenangst«, bemerkte sein Onkel.

Dev zuckte mit den Schultern. »Ich hatte nicht vor, besonders hoch zu fliegen. Nur schnell. Vor *Schnelligkeit* habe ich keine Angst.« Es war echt verrückt. Wie konnte es sein, dass er von all diesen faszinierenden Dingen umgeben war und trotzdem das ödeste Leben auf dem ganzen Planeten führte?

Charles war noch nicht fertig. »In der Welt herrscht auch so schon genug Chaos. Das Inventory soll sicherstellen, dass nichts wie *das da* in die falschen Hände gerät und alles noch schlimmer macht.« Er zeigte auf einen Gegenstand, der mit einer Plane abgedeckt war, geformt wie eine Scheibe – und etwa so groß wie ein Reisebus. Dev nahm an, dass es ein Neuzugang war, denn als er das letzte Mal in dieser Sektion herumgestromert war, hatte er es nicht gesehen.

»Sagt wer?« Die Worte verließen seinen Mund, bevor er etwas dagegen tun konnte. Er trat näher an die riesige Scheibe heran. Er wollte unbedingt wissen, was sich unter der Plane verbarg. Das war sein Problem – er war unglaublich neugierig.

Charles kratzte sich den Kopf mit den grauen Haaren, rückte seine Brille zurecht und gab Dev dann die übliche knappe Antwort. »Sagt das Welt-Konsortium.«

»Ach, dieser Haufen nicht gewählter Anzugträger, von denen niemand etwas weiß?«

»Das reicht«, fuhr Charles ihn an. Seine Stimme war eisig und Dev erkannte sofort, dass er zu weit gegangen war. Charles ließ den Blick über das Durcheinander wandern, das sein Neffe angerichtet hatte, und schüttelte den Kopf. »Dafür kannst du mit einer Strafe rechnen.«

»Jeder Tag mit dir ist Strafe genug«, erwiderte Dev, bereute es aber sofort. Zwischen ihm und seinem Onkel war keine Liebe. Ihre Beziehung war eine reine Zweckgemeinschaft. Immerhin: Charles kümmerte sich um ihn und Dev war klar, dass er seine Gedanken besser bei sich behalten hätte. Doch falls Charles seine Bemerkung gehört hatte, ließ er es sich nicht anmerken. Dev atmete erleichtert auf.

Neugierig und impulsiv – das beschrieb ihn recht gut. Er fragte sich, was davon er von seiner Mutter geerbt hatte und was von seinem Vater. Er konnte sich nicht erinnern, ihnen jemals begegnet zu sein, und Charles sprach nie über sie. Immer wenn Dev nach ihnen fragte, wich sein Onkel aus. Er tanzte gewissermaßen ein sprachliches Ballett um diese Sache und meistens war Dev nach seiner Frage noch verwirrter als vorher.

Der Halbmond, der tief am Himmel stand, tauchte die Kleinstadt Edderton in ein kaltes Licht und erhellte nichts, was irgendwie von Bedeutung war. Das war so ziemlich das Netteste, was Dev über seine Heimatstadt sagen konnte, auf die er jetzt hinuntersah, denn die Farm seines Onkels lag auf einem Hügel. Und unter diesem Hügel befand sich das Inventory, ein Labyrinth aus riesigen, miteinander verbundenen Lagern.

Dev hatte den Reißverschluss seiner Kapuzenjacke bis oben zugezogen, aber sie war nicht warm genug. Er zitterte in der Winterkälte und schob die Hände noch tiefer in die Taschen.

Die Sache mit den HoverBoots tat ihm leid, aber er fand auch, dass es ganz normal war, zu rebellieren, wenn das Leben so unfair war wie seins. Und zwar nicht nur zu Hause. Er musste sofort an diese fiese Sache denken, die er heute in der Schule erlebt hatte ...

Es war während des verhassten Schwimmunterrichts passiert. (Dev konnte sehr gut schwimmen und sah deshalb keinen Sinn darin, es seinem Lehrer zu beweisen.) Wie üblich hatte er sich von den anderen Schülern ferngehalten. Dev hatte noch nie einen richtigen Freund gehabt. Seine

Mitschüler hatten längst gelernt, sich von dem Nerd fernzuhalten, damit er sie bloß nicht volllaberte – über Naturwissenschaft, irgendeine neue Technologie oder ein anderes total ödes Thema.

Dev war gut gebaut und hatte sogar schon Mädchen an seiner Schule sagen hören, dass er echt süß wäre. Aber er war als Nerd abgestempelt und das hatte sein Selbstvertrauen auf null sinken lassen. Ihm blieb nichts anderes übrig, als sich in die Rolle des schweigsamen Typen zu fügen, den niemand beachtete.

Abgesehen von Mason.

Wenn Dev gut gebaut war, war Mason das Doppelte davon. Er sah aus, als hätte ihn jemand bei seiner Geburt aufgeblasen und dann vergessen, die Luft abzustellen. Er war der sprichwörtliche stumpfe Gegenstand. Ein Rammbock mit dem IQ eines Hammers. Er war beliebt, was aber nur daran lag, dass er jeden verprügelte, der es wagte, das Gegenteil zu behaupten. Dev war der Einzige, der nicht zu Masons Bewunderern zählte – was gelegentlich dazu führte, dass sie auf Kollisionskurs gerieten.

So wie heute, als Dev einen Kopfsprung ins Schwimmbecken machen wollte und Mason ihm im entscheidenden Moment die Shorts herunterriss.

Splitternackt im Becken zu landen, während die Klassenkameraden johlten und pfiffen, war nicht gerade der Höhepunkt von Devs Woche gewesen.

Von dem Hügel aus sah Dev auf die Straßen hinab und fragte sich, in welchem Haus Mason wohl lebte. Unter seinen Füßen befanden sich genügend exotische Waffen, um das Zuhause dieses Mistkerls ins Weltall zu blasen.

Oder die ganze Stadt zu vernichten.

Oder Schlimmeres.

Charles schien die angedrohte Strafe vergessen zu haben. Vielleicht, dachte Dev, wusste er, dass das Leben in Edderton schon Strafe genug war. Das Kaff war so öde, so abgewandt von der modernen Welt, dass seine vertrottelten Einwohner nicht einmal ahnten, dass ihr Ort allein deswegen existierte, um das Inventory zu tarnen, das sich unter ihren Füßen befand.

Nur zwei Personen hatten Zutritt zum Inventory: Charles Parker und Dev.

So lange Dev sich erinnern konnte, hatte er bei seinem Onkel gelebt. Charles hatte ihm erzählt, dass er den Job als Hausmeister im Inventory zwei Wochen nach dem mysteriösen Verschwinden von Devs Mutter bekommen hatte. Seitdem hatte niemand mehr etwas von ihr gehört. Charles behauptete, er hätte keine Ahnung gehabt, was auf ihn zukam, als ihm das Welt-Konsortium vorschlug, seinen Job im Ministerium für die Entwicklung von Verteidigungsprojekten, kurz MINEV, in Amerika aufzugeben und herzukommen.

Dev fragte sich manchmal, ob Charles ein grauenhafter Ingenieur gewesen war, denn andernfalls hätte man ihn sicher nicht zum Hausmeister degradiert, auch wenn es sich bei seinem Arbeitsgebiet um einen der unglaublichsten Orte der Erde handelte. (Mal davon abgesehen, dass es total sinnlos war, an diesem Ort zu leben, weil sein Onkel ihm streng verboten hatte, mit irgendeinem der eingelagerten Dinge zu spielen.)

Dev brüllte aus vollem Hals: »Mit achtzehn bin ich hier weg!«

Seine Stimme hallte über die abgeernteten Felder. Er

sehnte sich nach einem Neuanfang, einem neuen Leben. Aber noch saß er fest. Ohne Freunde, unglücklich und überzeugt davon, dass der Rest der Welt mehr Spaß hatte als er.

DOPPELTER ÄRGER

Dev glaubte, dass es außerhalb der Erde Leben gab. Irgendwo im All, vielleicht in einem Paralleluniversum. Es war undenkbar, dass die Menschheit ganz allein existierte.

Genauso undenkbar war es, einer intelligenten außerirdischen Lebensform zu erklären, was »Schule« war.

Es war nicht so, dass er die Schule nicht mochte. Oder vielmehr, *doch* es war so. Aber nur, weil er schon alles wusste. Von Anfang an hatte er in Mathe keine Probleme gehabt. Sprachen? Nichts leichter als das. Geschichte? Na ja, wer brauchte schon Geschichte? Und an Chemie und Physik durfte er nicht mehr teilnehmen, seit er beide Klassenräume mit selbst erfundenen Experimenten verwüstet hatte. Er war ins Karate-Team der Schule eingetreten, hatte es aber bald wieder aufgegeben, weil er so schlecht darin war. Es war so, als hätte er sich freiwillig für eine Tracht Prügel pro Woche gemeldet.

Eine Zeit lang hatte er Freude an den Naturwissenschaften gehabt. Zumindest bis sie zu Newtons drei Gesetzen der Bewegung kamen, bla, bla, bla, und er nach weiteren, komplexeren Konzepten gefragt hatte wie der Quanten-

Stringtheorie und Gravitationswellen. Da hatte sein Lehrer das Gesicht verzogen und die Klasse wieder mit öden Themen wie Magnetismus gelangweilt.

Dev hatte den Verdacht, dass der Lehrer die Antworten auf seine Fragen nicht kannte.

Der Tag zog sich in die Länge und die anderen schienen die Schwimmbad-Peinlichkeit vom Vortag schon vergessen zu haben. Fast hätte Dev sich gewünscht, dass es nicht so wäre. War er so unbedeutend, dass niemand Notiz vom schlimmsten Augenblick seines Lebens nahm? Wie unbedeutsam war sein Leben eigentlich, dass es ihn *tatsächlich* ärgerte, weil ihn niemand verspottete?

Diese deprimierenden Gedanken gingen ihm im Kopf herum, als er sich an seinen Platz setzte und staunte, dort eine Einladung vorzufinden.

Zu Lots Geburtstagsparty.

Heute.

Lot war eines der wenigen Mädchen in der Schule, in der ganzen Stadt, das Dev »interessant« nennen würde. Sie war die Beste im Karate-Team und hob im Unterricht immer als Erste die Hand. Außerhalb der Schule war sie so etwas wie ein weiblicher Rowdy auf zwei Rädern, weil sie auf ihrem Fahrrad durch die Gegend raste, als wäre der Teufel hinter ihr her. Doch trotz ihres ansteckenden Lächelns fühlte sich Dev von ihr eingeschüchtert.

Wieso lud sie ihn zu ihrer Geburtstagsfeier ein? Sie hatten nie ein Wort gewechselt.

Den Rest des Schultages überlegte Dev, ob er hingehen sollte. Er dachte sogar daran, sie zu fragen, ob die Einladung ein Versehen gewesen war. Doch stattdessen tat er, was er immer machte. Er zog den Kopf ein, ging den anderen aus dem Weg und setzte sich mit einem Buch in eine Ecke der Schulbücherei, während die anderen ihre Zeit damit vergeudeten, Internetfußball zu spielen, oder sich an ihre Cliquen hielten, um bloß nicht mit ihm reden zu müssen.

Dev warf einen Blick auf seine Uhr und musste grinsen. Das technische Wunderwerk an seinem Handgelenk war hundertmal fortschrittlicher als jedes Handy und doch konnte er es niemandem zeigen. Wenn er es tat, würden ihn die anderen dann immer noch uninteressant finden?

Mit einem Seufzer musste er sich eingestehen, dass sie vermutlich genau das tun würden.

Nach Schulschluss zogen dunkle Regenwolken auf und verdeckten die Sonne.

Dev wollte noch nicht nach Hause und beschloss, mit dem Rad zu der Adresse zu fahren, die auf der Einladung stand. Sein Onkel würde ihn nicht vermissen. Dev hatte Freiheiten, um die ihn andere Jugendliche seines Alters beneiden würden. Sein Onkel verlangte nie, dass er zu einer bestimmten Zeit nach Hause kam, und erwartete auch keine Mithilfe im Haushalt (abgesehen davon, dass er den nicht existierenden Staub aus dem Inventory saugen und seine Klamotten selbst waschen musste). Und da sie keine weiteren Verwandten hatten, fielen Familientreffen auch aus. Seine Mitschüler hätten so ein Leben sicher toll gefunden, aber Dev fühlte sich darin einfach nur fehl am Platz.

Lots Haus war groß und stand am Stadtrand, allerdings nicht so weit draußen wie sein Zuhause auf der Farm.

Dev hörte hämmernde Musik aus dem Garten dröhnen. Nur um sicherzugehen, dass die Adresse stimmte, holte er die zerknüllte Einladung aus der Hosentasche. Seine Hand streifte etwas kleines Rundes und ihm fiel wieder ein, dass er die Minzbonbons noch hatte. Sie würden vermutlich sein Abendessen sein. Wenn er lange genug bei der Party blieb, würde er verpassen, was sein Onkel gekocht hatte – was ihm nur recht war. Für Charles bedeutete »frisch« etwas, das aus der Mikrowelle kam.

Dev holte tief Luft, lehnte sein Rad im Vorgarten an einen Baum und ging ums Haus herum.

Er war eindeutig am richtigen Ort. Auf einer kleinen Bühne machte ein DJ Musik. Laserlicht blitzte durch den künstlichen Nebel, der aus einer Maschine gepustet wurde. In einem aufblasbaren Hindernisparcours bekämpften sich Teams mit Lasertag-Waffen. Mitten auf dem Rasen stand ein mit Schaum gefülltes Planschbecken und die Kids bewarfen sich gegenseitig mit dem weißen Zeug. Flackernde Wärmelampen vertrieben die Winterkälte und verliehen der Party eine beinahe tropische Atmosphäre.

Es war, mit einem Wort ausgedrückt, *gigantisch.*

Dev betrat gespannt den Garten. Lot war eines von den beliebten Mädchen. Er kannte viele Gäste vom Sehen, hatte mit den meisten aber noch nie ein Wort gewechselt. Er nahm sich einen kalten Chickenwing vom Büfett und machte sich auf die Suche nach dem Geburtstagskind.

Es dauerte ein paar Minuten, bis er Lot in dem Gewimmel entdeckte. Sie saß in einem Gamer-Sessel und spielte den neuesten Ego-Shooter. Das Spiel lief auf einem Riesenfernseher. Dev war beeindruckt.

Sie warf einen Blick in seine Richtung und er winkte ihr zu. Lot sah ihn verwirrt an und schaute zurück auf den Bildschirm, wo der Junge neben ihr seinen Vorteil ausgenutzt und ihren Avatar erschossen hatte. Lot warf ihren Controller hin und es folgte eine hitzige Diskussion.

Dev ahnte, dass ihre Niederlage seine Schuld war. Er wich unauffällig einen Schritt zurück – und prallte ausgerechnet gegen Mason.

»Tut mir leid«, murmelte Dev und wollte zur Seite ausweichen.

Mason reagierte schnell und versperrte ihm den Weg, sodass er noch einmal mit ihm zusammenstieß. »Was war das denn?«, rief Mason. Er warf seinen beiden Kumpels einen Blick zu. »Habt ihr das gesehen? Der will Ärger.«

Dev spürte die Gefahr. Und er saß in der Falle. Mason hatte ihn direkt an das schaumgefüllte Planschbecken manövriert. Devs Magen verknotete sich. Er würde ganz sicher nicht zwei Mal auf denselben Trick hereinfallen.

»Hör auf, dauernd Streit mit mir anzufangen!«, tönte Mason mit gespielter Empörung. Er sah sich um und merkte, dass alle Augen auf sie gerichtet waren. Es würde doch sicher jemand eingreifen und das Ganze beenden, oder?

Mason bewegte sich unerwartet schnell. Dev spürte eine Hand auf der Brust, die ihn schubste, während eine andere nach seinem Gürtel griff, um ihm die Hose herunterzuziehen. Doch das würde er sich nicht noch einmal gefallen lassen. Mit beiden Händen hielt er seine Hose fest, verlor dabei aber das Gleichgewicht. Er kippte nach hinten um und schlug im flachen Wasser hart auf. Schaum spritzte in alle Richtungen.

Obwohl das Wasser nur wenige Zentimeter hoch stand, war Dev durchnässt. Er sprang auf und wischte sich den Schaum aus den Augen. Plötzlich wurde ihm bewusst, dass alle lachten. Es dauerte mehrere gefühlte Ewigkeiten, bis er begriff, dass Mason sein Ziel erreicht hatte – seine Hose hing ihm um die Knöchel.

Das war noch peinlicher als die Sache im Schwimmbad.

Lot drängte sich durch die Menge und betrachtete die beiden mit einer Mischung aus Missbilligung und Verärgerung. Devs Wangen glühten vor Scham. Er zog die Jeans hoch und der Inhalt seiner Hosentaschen fiel ins Wasser. Seine Fäuste ballten sich wie von selbst, und als er Masons breites Grinsen sah, überkam ihn die Wut.

Mit einem Hechtsprung, den er sich selbst nie zugetraut hätte, stürzte er sich auf Mason. Im selben Augenblick explodierte der Schaum um ihn herum und eine zweite Gestalt erschien. Sie war genauso groß wie Dev, doch ihr Gesicht war durchscheinend, fast wie Wasser. Dieses zweite Etwas stürzte sich zusammen mit Dev auf Mason und der verdutzte Fiesling wurde von zwei Fäusten gleichzeitig getroffen.

Dev landete geduckt, genau wie die wässrige Figur. Mason wurde von den Füßen gerissen und landete auf einem Tisch mit Essen. Die Snacks flogen durch die Gegend und die Partygäste mussten Chickenwings und Ketchup ausweichen.

Dev holte tief Luft und sah sich um. Sein merkwürdiger Mitstreiter war verschwunden. Vielleicht hatte er sich ihn nur eingebildet. Aber dann fiel ihm auf, wie entgeistert ihn alle anstarrten. Lots Mund stand offen, als könnte sie es nicht fassen.

Ein empörter Erwachsener zerrte Dev auf die Füße. Es wurde gebrüllt, aber Dev hörte nicht richtig zu. Er staunte immer noch über das, was er getan hatte – ja, er war fast stolz. Er hätte nie gedacht, dass er den Mut aufbringen würde, sich zu wehren, aber Mason war zu weit gegangen.

Dev war zum ersten Mal für sich selbst eingetreten und es fühlte sich toll an. Er fragte sich, wozu er wohl noch fähig war, wenn er es nur darauf anlegte.

VORBEREITUNG

Der Collector atmete die kühle, salzige Luft tief ein. Er hatte sich schon immer lieber am Meer aufgehalten, weit weg von der Luftverschmutzung in den Städten. Wenn alles glattlief, gehörten verschmutzte Städte bald der Vergangenheit an und der Planet würde es ihm danken. Irgendwann.

»Alles vollständig, Sir«, sagte Lee. In dem schwarzen Gestell seiner Brille steckte ein Digitalscanner. Damit hatte er die Kisten überprüft, die vom Dampfschiff geladen worden waren.

Das uralte Schiff sah aus, als würde es die Rückreise in seinen Heimathafen in Sierra Leone niemals schaffen, aber das war nur Tarnung. Unter dem verrosteten Stahl befand sich ein hochmoderner Kohlefaserrumpf mit einem so starken Motor, dass sie jedem neugierigen Zöllner mühelos davonfahren konnten. Das Schiff gehörte zur Privatflotte der Shadow Helix. Es entsprach militärischem Standard und konnte jeden Hafen der Welt anlaufen.

Der Collector sah zu, wie seine Mannschaft auf dem Kai hin und her lief und die Kisten in die bereitstehenden Armeelaster verlud. Natürlich war die Lieferung vollständig – seine Geschäftspartner kannten die Strafe für Versagen –, aber es schadete nicht, alles zu kontrollieren. Der Collector überließ nichts dem Zufall. Jeder seiner Züge war genau im Voraus geplant.

Ein lautes Krachen lenkte seine Aufmerksamkeit wieder auf den Kai. Kwolek hatte eine Kiste fallen lassen. Sämtliche Arbeiter waren erstarrt, als rechneten sie damit, dass die Kiste explodierte.

»Sorry«, sagte sie und strich sich eine rote Haarsträhne aus den Augen.

Der muskulöse Mann neben ihr begann, auf Italienisch auf sie einzuschreien, und wechselte dann ins Englische. »Du dämliche Kuh! Kannst du nicht aufpassen?«

Lee schaute von der Ladeliste auf und verzog das Gesicht. Kwolek als dämliche Kuh zu bezeichnen, war schlimmer, als ein Dutzend Kisten fallen zu lassen.

Kwolek bewegte sich so zielstrebig wie immer. Sie hob die Kiste mit beiden Händen hoch – nur Augenblicke zuvor waren dazu zwei kräftige Dockarbeiter nötig gewesen – und schob sie auf den Lastwagen. Der Inhalt der Kiste war so schwer, dass die Federung knarrte und sich die Ladefläche um ein paar Zentimeter senkte.

»Siehst du«, knurrte sie. »Ich habe uns nicht in die Luft gesprengt.« Sie packte den Italiener am Kragen und hob ihn hoch – kein Problem dank der Bionik-Implantate, die fast ihre gesamte Muskulatur ersetzten. »Und wenn du mich noch einmal eine dämliche Kuh nennst, zerquetsche ich dir deinen fetten Schädel.« Sie ließ ihn fallen und klatschte direkt vor seiner Nase in die Hände. Es klang wie ein Donnerschlag und der kräftige Kerl fuhr zusammen. »Genau so!«

Lee ging auf den Collector zu, während die Leute immer noch die Lastwagen beluden.

»Vielleicht hätte ich Ihnen sagen sollen, dass sie reizbar ist«, sagte er. Der Collector reagierte nicht, also fuhr Lee fort: »Wir sind genau im Zeitplan. Spätestens in einer Stunde können wir abfahren.«

»Haben Sie den Zugangscode?«

Lee tippte gegen sein Brillengestell. Nur er konnte das Display auf der Innenseite des Brillenglases sehen, das ihm den Fortschritt seiner neuesten Cyberattacke anzeigte. Lee hatte früher zu der berühmten Hackergruppe gehört, die man nur unter dem Namen Anonymous kannte, doch er hatte sie verlassen, um in den Dienst des Collectors zu treten. Aber wer die geheimnisvolle Shadow Helix war, für die der Collector arbeitete, konnte nicht einmal er herausfinden.

»Ich arbeite daran. Erwarten Sie aber nicht zu viel. Das Sicherheitssystem ist so fortschrittlich, dass wir erst wissen, womit wir es zu tun haben, wenn wir dort sind.«

Die Stimme des Collectors klang eisig. »Wir verlassen uns auf Sie, Lee. Auf Hilfe von drinnen können wir nicht hoffen.«

»Keine Panik.« Lee zwang sich zu einem Auflachen. »Wir hacken uns nach und nach hinein. Aber was den letzten Schritt angeht, kann ich nichts tun. Die Eisenfaust übersteigt selbst meine Fähigkeiten.«

Der Collector ließ den Blick über den Kai schweifen.

»Meine nicht.«

DIE FARM

Am nächsten Schultag stellte Dev sich vor, er wäre ein Soldat einer Elitetruppe, der seinen Feinden ausweichen muss. In seinem Fall handelte es sich dabei um alle Mitschüler, die auf der Party gewesen waren.

Dev hatte längst gelernt, sich im Hintergrund zu halten, um jedem Ärger aus dem Weg zu gehen. Aber leider verbreitete sich die Nachricht über den peinlichen Vorfall auf der Party wie ein Lauffeuer. Viele fanden es urkomisch, dass Mason ihm vor allen Gästen die Hose heruntergezogen hatte. Ein paar waren überrascht, dass Dev sich gewehrt hatte, und wieder andere verbreiteten das Gerücht, dass Mason grausame Rachepläne schmiedete.

Man kann nicht gewinnen, dachte Dev niedergeschlagen.

Er wusste immer noch nicht, was während der Prügelei passiert war. Anscheinend hatte er sich dieses merkwürdige Wesen, das neben ihm aufgetaucht war, nicht nur eingebildet. Einige Schüler hatten es ebenfalls gesehen und jetzt glaubten sie, dass Dev ein paar abgefahrene Zaubertricks beherrschte. *Idioten,* dachte Dev, als er mit dem Rad nach

Hause fuhr. Zum Glück lag das Wochenende zwischen ihm und dem nächsten Schultag. Er war davon überzeugt, dass sich alles wissenschaftlich begründen ließ, auch wenn es noch so verrückt schien. Sogar Zauberei.

Es gab nur eine Erklärung für diese merkwürdige Gestalt. Er hatte versehentlich etwas aus dem Inventory mitgenommen. Es konnten nur diese kleinen runden Dinger gewesen sein, die er für Minzbonbons gehalten hatte. Sie waren nicht mehr in seiner Tasche. Sie *mussten* die Ursache für seinen Doppelgänger gewesen sein.

Viel mehr wunderte ihn jedoch die Tatsache, dass sein Onkel sonst immer merkte, wenn ein Gegenstand fehlte, selbst wenn es etwas so Kleines war. Was konnte ihn derart abgelenkt haben? War Dev wirklich eine solche Belastung für ihn?

Als er aus der Stadt fuhr und die Straße zur Farm entlangradelte, war Dev so in Gedanken versunken, dass er den Radfahrer vor sich gar nicht bemerkte, bis er sich plötzlich querstellte und ihm den Weg versperrte.

Dev bremste scharf. Das Rad kam schlitternd zum Stehen und Schlamm spritzte auf. Im ersten Moment war er überzeugt, dass Mason ihm aufgelauert hatte – doch der zweite Blick überraschte ihn.

Es war Lot.

»Ich suche schon den ganzen Tag nach dir«, sagte sie und musterte ihn misstrauisch.

Dev konnte ihr nicht in die Augen sehen. »Hör mal ... tut mir echt leid, was gestern passiert ist.«

»Meinst du damit die unglaublich peinliche Aktion auf meiner Party?« Sie verschränkte die Arme.

Plötzlich wurde Dev wütend. Wieso sollte *er* sich entschuldigen? Es war nicht seine Schuld. »Nein. Nicht das. Es tut mir leid, dass ich gekommen bin! Es war echt blöd von mir zu denken, dass du mich tatsächlich einladen würdest.«

Er zwängte sich mit dem Rad an ihr vorbei und fuhr weiter. Was fiel ihr ein, ihm ein schlechtes Gewissen einreden zu wollen? Es überraschte ihn, als er ein paar Sekunden später ihre Stimme neben sich hörte.

»Es war nicht so, dass ich nicht vorhatte, dich einzuladen«, sagte sie etwas freundlicher. »Ich fand es nur total sinnlos.«

»Oh, danke. Jetzt fühle ich mich viel besser.«

Sie seufzte theatralisch. »Weil du doch sowieso nie kommst. In der Grundschule habe ich dich zu jeder Geburtstagsfeier eingeladen, aber du bist nie aufgetaucht.« Das verblüffte Dev. Er konnte sich nicht erinnern, jemals zu *irgendeiner* Feier eingeladen worden zu sein. »Und in der Schule redest du auch kein Wort mit mir.« Sie ließ diesen Vorwurf auf ihn wirken.

Plötzlich erkannte Dev, was los war. »Mason hat die Einladung gefälscht«, sagte er. »Ich bin nur darauf reingefallen, weil keine Rechtschreibfehler drin waren.«

Lot prustete los. »Er wollte dich noch einmal vor versammelter Mannschaft blamieren«, sagte sie. »Aber ich glaube, diesmal hast du gewonnen. Das war ein echt cooler Trick, den du abgezogen hast.«

Sie radelten schweigend weiter. Aus dem Augenwinkel nahm Dev wahr, wie sie ihn musterte.

»Mein Großvater war Zauberkünstler und deshalb weiß ich von vielen Tricks, wie sie funktionieren«, fügte Lot hinzu. »Aber der, den du gebracht hast, war echt verschärft.«

Dev merkte, wie seine Wangen zu glühen begannen. Man

hatte ihm sein ganzes Leben lang eingehämmert, niemandem von der Existenz des Inventorys zu erzählen. Das hatte schon angefangen, als er noch nicht einmal seinen Namen buchstabieren konnte, und jetzt passierte es ihm zum ersten Mal, dass jemand kurz davorstand, ihn auszufragen.

»Nun ... also ... ich bin eben durchaus überraschend.« Das war eine ziemlich lahme Antwort, aber er wollte nicht riskieren, etwas zu verraten.

Nachdem sie mehrere Minuten über dieses und jenes geredet hatten, erreichten sie das Tor zur Farm. Lot betrachtete das kleine Haus und die Scheunen, die man von der Straße aus sehen konnte. In einem Auslauf liefen ein paar Schafe herum, die sofort losblökten, als sie sie entdeckten.

»Netter Hof«, sagte sie. »Habt ihr viele Tiere?«

Dev öffnete das Tor gerade weit genug, um sein Rad hindurchzuschieben, und schloss es schnell wieder, bevor Lot ihm folgen konnte.

»Ja, ein paar«, sagte er. »War schön, mit dir zu reden. Ich bin froh, dass du nicht sauer bist wegen ... du weißt schon.«

»Du könntest mich hereinbitten.« Lot setzte ihr ansteckendes Lächeln auf und die Sommersprossen auf ihren Wangen leuchteten. Einen kurzen Augenblick lang stellte er sich Lot als Rocksängerin vor, die immer auf Tour war und immer Spaß hatte. Schnell verdrängte er den Gedanken wieder.

»Mein Onkel mag keinen Überraschungsbesuch ... vielleicht ein anderes Mal.«

Ihr Lächeln erlosch. Sie musterte ihn eine ganze Weile und schaffte es sogar, eine enttäuschte Miene aufzusetzen. »Oh. Okay. Kein Problem.« Sie drehte ihr Rad herum und radelte los. »Dann bis morgen.«

Dev winkte. »Bis morgen.«

Erst als er sein Rad in die Scheune gestellt hatte, fiel ihm ein, dass morgen Samstag war.

DIE ANNÄHERUNG

Der Konvoi, bestehend aus vier Lastwagen, rollte durch die Nacht. Starke Scheinwerfer leuchteten die dunkle Fahrbahn aus und sonst nichts. Es kam ihnen vor, als führen sie auf einen tiefschwarzen Abgrund zu. Die Scheibenwischer waren im Dauereinsatz und kämpften gegen die Sintflut, die vom Himmel rauschte.

Im Führerhaus des ersten Lasters saß Lee eingekeilt zwischen dem riesenhaften Fahrer und einem der Söldner, dessen Namen er schon wieder vergessen hatte. Der Lastwagen rumpelte über die unebene Nebenstrecke, die sie gewählt hatten, um kein Aufsehen zu erregen. Lee hatte einen Tablet-Computer auf den Knien und arbeitete sich durch viele Seiten mit technischen Details. Der muskelbepackte Söldner las einen Comic und lachte in regelmäßigen Abständen. Jedes Mal wenn das geschah, bebte sein ganzer Körper und Lee wurde noch mehr eingequetscht.

»Muss das sein?«, fauchte er gereizt. Sie waren nun schon vier Stunden unterwegs und er hätte den Kerl am liebsten aus dem fahrenden Wagen geworfen. »Ich muss mich konzentrieren.«

Das Muskelpaket warf einen Blick aufs Tablet und grunzte verächtlich. »Du verschwendest deine Zeit mit dem alten Kram.«

»Alter Kram? Das ist die Geschichte der Eisenfaust. Du hast sie gelesen? Weißt du, wie wichtig sie ist?« Lee tippte auf den Bildschirm. »Die Eisenfaust war ein hoch geheimes Projekt, das ultimative Verteidigungssystem. Dafür wurde sie entworfen. Doch im Grunde ist es ...« Er hielt das Tablet hoch, aber der Söldner hörte nicht zu. Seine Nase steckte schon wieder im Comic-Heft. Lee schüttelte verzweifelt den Kopf. »Idiot«, murmelte er halblaut. Er wollte weiterarbeiten, merkte dann aber, dass der Muskelmann ihn gehört hatte und jetzt erbost anstarrte.

»Was für ein Name soll Lee eigentlich sein?«, fragte er unvermittelt.

»Ein Codename. Genau wie deiner ... wie immer du heißt. Ich hab's vergessen.«

»Volta. Er hat ... *Kram* ... erfunden.«

Lee seufzte. »Die Glühbirne zum Beispiel.«

»Si. Stimmt. Nützlichen Kram. Und *Lee?«*

Lee grinste und schüttelte den Kopf. »Das wirst du bald selbst rausfinden«, murmelte er. Nur gut, dass die Operation endlich losging.

HERUMSTÖBERN

Die Adern an Charles' Schläfen pochten so heftig, dass Dev nicht wegsehen konnte. Er wartete gespannt darauf, wann der Kopf seines Onkels explodierte.

»Das war nicht abgesprochen.« Obwohl Charles unglaublich wütend aussah, klang seine Stimme ruhig und gleichmäßig.

»Es war nur eine Party. Und nicht einmal eine besonders gute.«

Dev sah sich in der Küche um, auf der Suche nach einem Grund, warum sein Onkel so sauer war. Wie üblich stand kein liebevoll zubereitetes Essen auf dem Tisch, von einer leckeren Lieferpizza ganz zu schweigen. Dev beschwerte sich oft darüber, dass sein Onkel keinen Lieferdienst auf den Hof ließ. Er hatte keine Ahnung, was dieser Wutausbruch zu bedeuten hatte.

Charles öffnete den Mund, sagte dann aber nichts. Nach einem peinlichen Moment des Schweigens murmelte er nur: »Du sollst nicht in der Gegend herumstromern.« Er zeigte auf Devs Armbanduhr. »Und die muss repariert werden.«

»Kann ich jetzt gehen? Ich muss Hausaufgaben machen.«

Sein Onkel nickte und entließ ihn mit einer Handbewegung. Dev verzog sich. Die kurze Unterhaltung war sehr aufschlussreich gewesen: Offenbar hatte er es tatsächlich geschafft, den Tracking-Mechanismus lahmzulegen, den er im Innern seiner Uhr entdeckt hatte. So konnte er im Inventory herumstöbern, ohne erwischt zu werden. Aber jetzt wusste er, dass er unter ständiger Beobachtung stand, wo immer er war. Sein Gefängnis hatte zwar keine Gitter, aber Dev wurde das Gefühl nicht los, ein Gefangener in seinem eigenen Leben zu sein.

»Gelbe Zone. Autorisierung erfolgt«, schnurrte Eemas sanfte Stimme.

Dev nahm die Hand vom Scanner und mit einem Zischen glitt die schwere Titantür auf. Eine Neonlampe nach der anderen sprang an und tauchte Reihe um Reihe deckenhoher Metallregale in helles Licht.

Dev lächelte. »Danke, Eema.« Trotz ihres gelassenen Tonfalls wusste er, dass sie immer noch verärgert war, weil er das Sicherheitssystem ausgetrickst hatte, um mit den HoverBoots zu spielen.

Er war allerdings nicht sicher, was sie mehr hasste: das mit dem Sicherheitssystem oder die Tatsache, dass ein Junge cleverer gewesen war als der Supercomputer.

Mit einem Seufzer trat Dev durch das Tor. Er trug einen Staubsauger auf dem Rücken wie einen Rucksack. Nachdem er den winzigen Motor angeschaltet hatte, tat er so, als würde er ein paar Staub-Atome wegsaugen. Natürlich gab es hier keinen Staub. Jede Zone war hermetisch abgeriegelt und die hineingepumpte Luft wurde mehrfach gefiltert, damit keine fremden Partikel eindringen und das

Inventory verseuchen konnten. Die gesamte Lagereinheit war nicht nur atombombensicher, sie hielt auch einem Meteoriteneinschlag stand. Die Vorstellung, dass ein paar Staubkörnchen irgendwelchen Schaden anrichten könnten, war einfach lachhaft.

Charles hatte nur wenige Regeln aufgestellt. Eine davon war, dass sein Neffe an den Wochenenden im Inventory sauber machte. Zwar war die ganze Anlage automatisiert und auf den Regalen lagerten Dinge, die einem jede Hausarbeit abnahmen, aber sein Onkel behauptete, Putzen würde den Charakter bilden; Dev hingegen fand, dass es einfach nur die Langeweile förderte. Zumindest konnte er die Gelegenheit nutzen, ein wenig herumzustöbern.

Dev schlenderte durch die Gänge. Gelegentlich kam er an eine Kreuzung, von der weitere perfekt schnurgerade ausgerichtete Regalreihen abgingen, oder er landete an einer Tür, die in die nächste gesicherte Zone führte. Er kannte sich so gut aus, dass er nicht auf die farbigen Linien achten musste, mit denen die Gänge markiert waren. Gelegentlich liefen ein paar von ihnen ein Stück weit nebeneinanderher wie auf einem U-Bahn-Plan, bis sie sich dann verzweigten und in ihre entsprechenden Sektoren führten. Zurzeit befand er sich in der Gelben Zone. Wahrscheinlich waren die eingelagerten Dinge früher einmal nach einem logischen farbkodierten System einsortiert worden, aber sein Onkel hatte längst aufgegeben, sie irgendwie sinnvoll zuzuordnen, denn es kamen so viele neue Erfindungen dazu, dass dies unmöglich zu schaffen war.

Die Rote Zone, die war etwas Besonderes. Hier war das untergebracht, was sein Onkel »Entdeckungen« nannte, was nicht dasselbe war wie Erfindungen. Dev wusste nicht genau, was es genau zu bedeuten hatte; die Rote war für ihn einfach eine von mehreren Zonen, zu denen er keinen Zutritt hatte. Gedankenversunken steuerte Dev das Regal an, an dem er sich beim Fliegen mit den HoverBoots fast den Schädel eingeschlagen hatte. Charles hatte alles mit an Besessenheit grenzender Sorgfalt wieder eingeräumt. Manche Dinge wie die Higgs-Bos-Bombe waren durch ein schimmerndes Kraftfeld gesichert, damit niemand einfach danach greifen konnte. Andere Objekte schützte ein feiner Maschendraht, doch es gab auch viele, die lose im Regal lagen.

Eines davon entdeckte Dev recht schnell. Es handelte sich um eine blaue Pappschachtel, die im Laufe der Jahre verblasst war. Die Abbildung zeigte einen grinsenden Jungen mit ausgestrecktem Arm. Neben ihm stand eine wabernde Erscheinung, die seine Bewegung nachahmte. Auf der Schachtel war PRISMA-BUDDY aufgedruckt. Wegen des altmodischen Designs vermutete Dev, dass sie aus den 1950er-Jahren stammte.

Er schüttelte die Schachtel und es fielen mehrere kleine Metallscheiben heraus. Sie sahen aus wie Minzbonbons, genau wie die, die er bei Lots Party in der Tasche gehabt hatte. Er drehte die Schachtel um und las die Gebrauchsanweisung auf der Rückseite:

LASS EINE INS WASSER FALLEN UND ERSCHAFFE DIR EINEN FREUND – DEN PERFEKTEN WÄSSRIGEN DOPPELGÄNGER. *H_2O MACHT FREUDE!*

Dev hielt seine Armbanduhr an den QR-Code am Regal. Sie verband sich drahtlos mit dem Archiv des Inventorys und die entsprechenden holografischen Dokumente erschienen über dem winzigen Bildschirm seiner Uhr. Im Inventory war nicht alles katalogisiert. Bei vielen Dingen hatte Charles auch nach Jahren nicht herausgefunden, wozu sie dienten. Der Prisma-Buddy gehörte offenbar nicht dazu. Es erschien die Werbeseite eines alten Comics, auf der nicht nur der Prisma-Buddy angeboten wurde, sondern auch Zauberutensilien, Tarnumhänge und andere Dinge, für die Kinder ihr Geld ausgaben. Charles hatte erzählt, dass viele bahnbrechende Erfindungen zuerst als Beilagen zu Comics auf den Markt gekommen waren, bis das Welt-Konsortium in Aktion trat und diese Dinge verbot.

Dev hatte eine Weile gebraucht, um einzusehen, dass eine Röntgenbrille kein harmloses Spielzeug war. In den falschen Händen konnte sie missbraucht werden, um in einen Banktresor zu sehen, militärische oder Staatsgeheimnisse auszuspähen und selbst die ungeschickteste Person in einen Meisterdieb zu verwandeln. Auch scheinbar harmlose Erfindungen konnten in den Händen von Verbrechern großen Schaden anrichten.

Das Inventory war geschaffen worden, um diese Gegenstände aufzubewahren und zu bewachen, bis die Welt bereit war, sie zu benutzen – was *niemals* der Fall sein würde, wie Dev vermutete.

Er legte die Prisma-Buddy-Schachtel behutsam zurück ins Regal und tat wieder so, als würde er sauber machen. Er musste daran denken, wie Lot ihm vorgeworfen hatte, dass er nie zu einer ihrer Geburtstagsfeiern gekommen war. Wie hatte sie das gemeint? Hatte sein Onkel die Einladungen abgefangen? Warum hätte er das tun sollen?

Er war so in Gedanken versunken, dass er erschrocken

zusammenfuhr, als im ganzen Lager ein Alarm losheulte. Es war jedoch nicht der aus zwei Tönen bestehende Feueralarm, sondern etwas, das er noch nie zuvor gehört hatte.

Devs Uhr vibrierte. Er tippte auf den Bildschirm, um den Anruf entgegenzunehmen. Ein kleines Hologramm vom Kopf seines Onkels tauchte auf.

»Was ist los?«

Charles klang beunruhigt. »Devon, komm sofort zum Haus. Wir haben ein Problem. Jemand hat den Einbruchalarm ausgelöst.«

UNGEBETENER BESUCH

Dev raste durch die Gänge zum Ausgang und hinter ihm schlug mit Getöse eine Tür nach der anderen zu. Er hatte seinen Onkel schon jahrelang angebettelt, die Vakuum-Speed-Terminals zu aktivieren, die es im ganzen Komplex gab. Von den kleinen runden Plattformen aus konnte man innerhalb des Inventorys blitzschnell von einem Ort zum anderen befördert werden. Zwischen manchen Lagerhallen lagen fast drei Kilometer lange Tunnel. Charles hatte es jedoch immer abgelehnt und behauptet, die Terminals wären ein Sicherheitsrisiko. Dev vermutete allerdings, dass es vielmehr darum ging, ihn am Herumschnüffeln zu hindern. Einmal hatte ihm sein Onkel erlaubt, einen Segway zu benutzen, doch den hatte er ihm gleich wieder weggenommen, weil er damit in eine abgelegene Ecke des Lagers gefahren war und eine Unsichtbarkeitspistole hinausgeschmuggelt hatte. Draußen hatte er sie dann an ein paar Schafen getestet. Es hatte Tage gedauert, sie wiederzufinden.

Dev war außer Atem, als er den Expressfahrstuhl erreichte. Dieser war ziemlich klein, aber die Frachtaufzüge waren so riesig, dass man mit einem Lastwagen hineinfahren konnte. Am anderen Ende der Anlage ließ sich das Dach aufschieben und durch die Öffnung, die so groß war wie ein Fußballfeld, konnten riesige Dinge abgesenkt werden. Einmal hatte Dev fasziniert zugesehen, wie ein moderner Flugzeugträger hinabgelassen und dann auf ein Trockendock in der Blauen Zone verfrachtet wurde.

Vor einigen Jahren hatte das Welt-Konsortium etwas mit einer Hubschrauberflotte anliefern lassen. Er hatte nie herausgefunden, was es war, aber damals hatten ganze Scharen von Wissenschaftlern das Inventory bevölkert – was bisher nur selten der Fall gewesen war. Sie hatten mehrere Wochen auf der Farm gewohnt und Dev hatte zum ersten Mal so etwas wie ein Familienleben gehabt. Einige der Wissenschaftler hatten sogar Baseball mit ihm gespielt. Aber wie jeder andere Mensch in seinem Leben verschwanden sie eines Tages ohne Vorwarnung.

Der Expressfahrstuhl schoss zehn Stockwerke hoch. Die Türen glitten auf und Dev landete in einem fensterlosen Raum voller Monitore, die um eine zentrale Kommandokonsole angeordnet waren. Diese Kommandozentrale befand sich in einer Scheune gegenüber vom Farmhaus. Kameras überwachten jeden Winkel des Grundstücks und die Gänge des Inventorys, das darunterlag. Sensoren registrierten jede Bewegung – sogar den Herzschlag der Jogger, die gelegentlich auf der Landstraße an der Farm vorbeiliefen.

Charles wirbelte auf seinem Sitz am Kontrollpult herum und sah Dev finster an. Anklagend zeigte er mit dem Finger auf einen der Bildschirme. »Was ist *das?*«

Dev folgte seiner Geste und antwortete fast automatisch. »Das ist ein Mädchen.«

Er sah noch einmal genauer hin.

Das war Lot, die auf dem Tor der Farm saß.

»Die weibliche Person ist identifiziert als Devons Freundin«, verkündete Eema beinahe triumphierend.

»Ist sie nicht!«, widersprach Dev, aber seine Stimme war ungewöhnlich schrill. Hastig senkte er sie. »Sie ist nicht meine Freundin.«

»Es ist ein Mädchen. Sie ist deine Freundin«, beharrte Eema. »Um das zu erkennen, braucht es nicht mal den Großen Fermatschen Satz.«

»Was macht sie hier?«, fragte Charles und sein Blick huschte zurück zum Bildschirm. »Du kennst die Regeln. Keine Besucher.«

Natürlich kannte Dev die Regeln. Er hatte argumentiert, dass selbst Gefangene Besuch bekamen, aber sein Onkel war hart geblieben. Keine Besucher. Keine Partys ... *und keine Freunde.*

»Ich habe sie nicht eingeladen.«

»Du hast sie gestern hergebracht«, widersprach Eema, die sich diebisch zu freuen schien.

»Sie ist mir gefolgt!«

»Soll ich die Laser-Abwehrwaffen aktivieren?«, fragte Eema.

»Nein!«, brüllte Dev. Es regte ihn auf, dass sowohl sein Onkel als auch dieser eingebildete Computer ihm die Schuld dafür gaben, dass Lot hier aufgetaucht war. Und es regte ihn auf, dass sie ihn in diese Lage brachte. Na ja, es regte ihn eigentlich nicht auf – er war eher neugierig.

»Ich gehe raus und rede mit ihr«, sagte er hastig, als er auf dem Monitor sah, wie sie über das Tor kletterte.

Dev rannte aus der Scheune und sprintete um das Farmhaus herum, bevor Lot die Haustür erreichte.

»Lot?«, sagte er und versuchte, überrascht zu klingen.

Sie grinste ihn an. »Morgen.«

Er stellte sich unauffällig so hin, dass ihr Blick nicht auf das Haus gerichtet war, sondern nur auf das Tor.

»Ich habe nicht damit gerechnet, dass du herkommen würdest.«

Lot sah ihn verwundert an. »Wirklich nicht? Ich sagte doch gestern, dass wir uns heute sehen würden.«

»Ich dachte, du hättest vergessen, dass heute kein Schultag ist.«

Lot schüttelte den Kopf und ging auf eine der Scheunen zu. »Nö. So was vergesse ich nicht.«

Dev versperrte ihr hastig den Weg. »Da kannst du nicht rein.«

»Wieso nicht?«

»Es ist zu gefährlich. Die ganze Farm ist ... gefährlich«, sagte er, weil ihm auf die Schnelle nichts Besseres einfiel.

»Gefährlich? Was ist denn dadrin?« Sie grinste und flitzte um ihn herum, bevor er sie aufhalten konnte.

Mehrere Schafe drängten sich in der Scheune hinter einem Gatter zusammen. Sie blökten Lot entgegen und fraßen dann weiter aus einem Trog.

»Oh, wie gefährlich«, spottete Lot. »Ich war noch nie auf einer Farm«, fügte sie hinzu. »Kaum zu glauben, oder?«

»Hör mal, mein Onkel mag es wirklich nicht, wenn Leute ...«, begann Dev, aber Lot hörte nicht zu. Sie betrachtete die Schafe fasziniert.

»Mein Dad ist Pilot bei der Air Force. Er hat mich schon

ein paar Mal in seinem Jet mitfliegen lassen. Also so etwas nenne ich gefährlich.«

»Dein Dad hat dich in einem Jet mitgenommen?« Dev konnte seinen Neid nicht verbergen. »Das muss unglaublich toll sein.«

Lot war bereits auf dem Weg zur nächsten Scheune. »Die ersten Male ist es das wirklich. Aber dann gewöhnt man sich daran. So wie du an die Farm gewöhnt bist. Was ist hier drin? Hühner mit Kettensägen?«

Dev versperrte ihr den Weg. »Da ist nichts drin. Bitte, mein Onkel ist nicht besonders umgänglich. Er wird ausflippen.« Er konnte sich gut vorstellen, wie Charles wutentbrannt auf den Überwachungsmonitor einschrie. Geheimhaltung war wesentlich wichtiger, als Spaß zu haben – oder eine Familie. Das hatte ihm sein Onkel mehr als einmal eingeschärft. Dev hatte schon erlebt, wie verschiedenste Geräte zur Gedächtnislöschung wirkten, die im Inventory lagerten. Sein Onkel hatte bislang keinerlei Skrupel gehabt, sie bei unbefugten Eindringlingen anzuwenden.

»Ich dachte, wir könnten zusammen abhängen.«

»Wieso solltest du das wollen?«

»Weil es mir leidtut, was auf meiner Party passiert ist.«

»Das war doch nicht deine Schuld.«

»Außerdem dachte ich, dass du mir zeigst, wie du diesen Zaubertrick abgezogen hast.« Lot lächelte, als sie Devs verwirrtes Gesicht sah. *Erwischt,* drückte es aus. »Du weißt schon, diese unglaubliche Nummer auf der Party.«

Dev hätte sich am liebsten selbst einen Tritt verpasst, weil er so schwer von Begriff war. »Tut mir leid, aber ein Magier verrät niemals seine Tricks.«

Lot zuckte mit den Schultern, dann trat sie flink um ihn herum und rannte in die Scheune.

Dev hetzte hinter ihr her. »Hey! Ich habe doch gesagt, dass du da nicht reindarfst!«

Aber es war zu spät. Sie war schon drin. Sonnenstrahlen fielen durch das kaputte Scheunendach. Es sah aus, als bildeten sie einen Käfig aus Licht um einen Gegenstand, der von einer Plane bedeckt war und ungefähr die Größe eines Autos hatte. Es handelte sich um eine Neuerwerbung für das Inventory. Unter der Plane ragten Schläuche und Kabel heraus. Daneben lag eine umgedrehte alte Holzkiste und auf der Kiste stand ein offener Werkzeugkasten. Es sah aus, als würde hier jemand ein Auto reparieren. Natürlich wusste Dev, dass das Ding unter der Plane alles andere als ein Auto war.

Lot streckte langsam die Hand aus und wollte die Plane herunterziehen.

Dev packte ihr Handgelenk und riss ihre Hand zurück. »Fass das nicht an.«

Sie sah ihn verblüfft an, aber bevor sie etwas sagen konnte, ließ das Geräusch von berstendem Holz die beiden erschrocken herumfahren.

Dev reagierte schnell und zog Lot aus der Gefahrenzone, als über ihnen ein alter Heuboden zusammenbrach. Muffiges Heu wirbelte durch die Luft. Ein schwerer Balken krachte neben Lot auf den Boden – nur einen Zentimeter näher und er hätte ihr den Schädel gespalten.

Jemand rollte aus dem Heu heraus, hustend und würgend. Dev schnappte sich einen großen Schraubenschlüssel aus dem Werkzeugkasten und hob ihn drohend, als sich der Eindringling aufrappelte und leicht schwankend dastand.

»Mason?«, rief Dev entgeistert. Mason trug eine Khakijacke und schwarze Jeans. Er krümmte sich und spuckte eine Ladung Staub und altes Stroh aus. Mit einer Hand versuchte er, den Schraubenschlüssel abzuwehren. »Du bist hier unbefugt eingedrungen, also habe ich jedes Recht, dir das Ding durchs Hirn zu jagen.«

»Nicht«, keuchte Mason. Er griff in seine Tasche und schien nach etwas zu suchen.

Dev war sofort in Alarmbereitschaft. Er rechnete damit, dass der Typ eine Waffe zog. Seine innere Stimme schrie ihm zu, dass es ein Messer sein würde – oder eine Pistole. Er traute seinem Gegenüber alles zu.

Lot legte Dev eine Hand auf den Arm und zwang ihn mit sanfter Gewalt, den Schraubenschlüssel zu senken. Erst da bemerkte er, dass Mason einen Inhalator herausgeholt hatte. Er nahm zwei tiefe Atemzüge daraus. Seine Augen waren rot und tränten.

»Heuschnupfen«, japste er.

Dev starrte den keuchenden und röchelnden Mason an und fragte sich, wieso er ihn immer so bedrohlich gefunden hatte. Aber jetzt war nicht der richtige Augenblick für Mitgefühl.

»Du hast hier nichts zu suchen«, sagte Dev. »Ich rufe die Polizei.«

Mason hob eine Hand. »Nein. Ich wollte nicht ... Ich wollte nur wissen, wo du wohnst. Deswegen bin ich ihr gefolgt.« Er deutete mit einer Kopfbewegung auf Lot.

Natürlich bemerkte Lot den misstrauischen Blick, den Dev ihr zuwarf. »Guck mich nicht so an. Ich wusste nicht, dass er mich *stalkt.*«

»Ich bin dir nur *gefolgt*«, verteidigte sich Mason. Beunruhigt betrachtete er den Schraubenschlüssel in Devs Hand. »In der Schule wusste keiner, wo du wohnst.«

»Das soll auch so bleiben. Aber es erklärt immer noch nicht, was du hier willst. Bist du gekommen, um dich zu rächen?«

Mason antwortete nicht, aber der Anflug eines Lächelns verriet ihn. Genau das war sein Plan gewesen. Dev merkte, wie sich sein Magen zusammenkrampfte. Durfte er sich nicht einmal in seinem eigenen Zuhause sicher fühlen?

Er hob den Schraubenschlüssel. »Verzieh dich oder ich verpass dir eine – oder werfe dir eine Ladung Heu ins Gesicht.« Mason blickte finster drein und Dev erkannte, dass er einen wunden Punkt getroffen hatte. »Und wenn mein Onkel herausfindet, dass du hier bist, kannst du dich auf was gefasst machen. Hau ab.«

Er trieb Lot und Mason aus der Scheune und achtete darauf, dass Mason immer ein paar Schritte vor ihm blieb. Sie gingen direkt auf das Tor zu. Dev spürte förmlich, wie das unsichtbare Sicherheitssystem jeden ihrer Schritte überwachte. Obwohl er gerade dabei war, die Eindringlinge loszuwerden, gab es garantiert Riesenärger, sobald er seinem Onkel beichten musste, was passiert war.

»Du wirfst mich doch nicht auch raus, oder?«, protestierte Lot.

»Du hast ihn hergeführt, *Lottie.*« Dev wusste, dass der Gebrauch ihres vollen Namens eine Kriegserklärung war – er empfand das ebenso, wenn ihn jemand Devon nannte. Er hatte mit Protest gerechnet, aber sie schwieg, was ihn noch mehr ärgerte. Wie hatte er so blöd sein können zu glauben, dass sie gekommen war, um Zeit mit ihm zu verbringen?

Dev war in Gedanken versunken und brauchte einen Moment, bis er merkte, dass Lot und Mason stehen geblieben waren. Sie betrachteten einen Konvoi aus Militärlastern, der auf die Farm zufuhr. Oh nein, das durfte nicht passieren. Dev überlegte fieberhaft. Hatte sein Onkel etwas über eine neue Lieferung gesagt? Ausgerechnet jetzt, wo Lot und Mason noch da waren – das Timing konnte nicht schlechter sein.

In diesem Augenblick gab es hinter der Farm eine gewaltige Explosion und zum zweiten Mal an diesem Tag heulte der Alarm los.

SIE SIND DA ...

»Wir werden angegriffen! Devon, in den Bunker, *sofort!*«

Dev rannte schon, bevor Charles' hektische Anweisungen aus seiner Armbanduhr drangen. Bis zum Bunker waren es noch dreihundert Meter. Devs Herz hämmerte wie verrückt und seine Knie waren wie Gummi. Trotzdem rannte er los und zog Lot und Mason hinter sich her. Er zuckte zusammen, als ein mattgrüner Militärhubschrauber tief über ihnen hinwegflog. Aus dem außen angebrachten Raketenwerfer stieg eine kleine Rauchwolke auf, gefolgt von einer hellen Lichtspur, als eine weitere Rakete abgefeuert wurde.

»RUNTER!«, brüllte Dev und riss Lot zu Boden.

Sie schlugen unsanft auf, nur Sekunden bevor die Scheune explodierte. Eine Hitzewelle rauschte über sie hinweg und die Scheune hatte sich in einen orangefarbenen Feuerball verwandelt.

Dev konnte das durchdringende Blöken der brennenden

Schafe hören. Masons Schreie waren allerdings noch lauter, denn der qualmende Kopf eines Schafs war neben ihm gelandet.

Lot verpasste Mason eine schallende Ohrfeige. »Reiß dich zusammen!« Sie hob den abgetrennten Schafskopf hoch. Das Tier kaute immer noch, aus seinem Hals sprühten Funken und ein Gewirr aus Drähten und Servomotoren hing heraus. »Ein ... ein Roboter?«, japste sie.

Dev sah zum Tor, das der erste Lastwagen gerade durchbrach. Es zersplitterte und riesige Räder walzten Lots Fahrrad platt. Während der Laster zum Stehen kam, war Dev schon wieder auf den Beinen und rannte um das Farmhaus herum. Die massiven Tore des Bunkerschuppens schlossen sich bereits. Drinnen konnte er den Rücken seines Onkels sehen, der sich über die Kontrolleinheit beugte.

Dev zwang sich, noch schneller zu rennen, und stieß Lot und Mason vor sich her. Er hechtete durch das Tor, das hinter ihm mit einer solchen Wucht zuschlug, dass es den ganzen Bunker erschütterte.

Vollkommen außer Atem betrachtete Dev die Monitore an der Bunkerwand. Die vier Lastwagen parkten jetzt rund um das Farmhaus und Truppen sprangen von den Ladeflächen. Der Hubschrauber kreiste über dem Anwesen, doch die dicke schwarze Rauchwolke, die aus der Scheune aufstieg, behinderte die Sicht.

Als Dev endlich wieder Luft bekam, fragte er seinen Onkel: »Wer sind die?«

Charles blickte über Devs Schulter. »Das würde ich auch gern wissen.« Sein Tonfall ließ keinen Zweifel daran, dass er nicht von den Angreifern sprach.

Dev folgte dem Blick seines Onkels und drehte sich um.

Lot und Mason standen neben der Tür und machten große Augen. Er wusste, dass sie nicht hier sein sollten.

»Was hätte ich tun sollen? Ich konnte sie doch nicht da draußen lassen.« Er funkelte Mason an. »Na ja, einen von ihnen schon ...«, fügte er halblaut hinzu.

Der Bunker bebte kaum merklich. Dann öffneten sich die Türen.

»Raus!«, befahl Charles.

»Sind Sie verrückt?«, rief Mason, der seine Panik nicht verbergen konnte. »Da draußen sind Terroristen!«

»Raus!« Charles zeigte energisch mit dem Finger auf die Tür, durch die sie gerade erst in den schützenden Bunker gehechtet waren.

Lot und Mason drehten sich um und stellten verblüfft fest, dass jenseits der Tür keine Farm lag, sondern ein hell erleuchteter Tunnel.

»Was ist das hier?«, fragte Lot beeindruckt.

Blitzschnell und kaum wahrnehmbar war der Bunker ins Inventory hinuntergefahren. Es war das Standardverfahren bei einem Angriff. Dev trat in den Tunnel. Sie befanden sich an einer T-Kreuzung. Ein Gang erstreckte sich geradeaus und zwei weitere führten nach links und rechts. Lot und Mason folgten ihm zögernd.

»Wir sind zehn Stockwerke unter der Erde. Hierher kommen sie nicht.« Dev betrachtete die verwirrten Blicke seiner Begleiter und breitete die Arme aus wie der Moderator einer Fernsehshow. »Willkommen im Inventory.« Doch die eisige Miene seines Onkels ließ sein Lächeln erstarren.

»Anlage gesichert«, verkündete Eema über die Sprechanlage.

Hinter ihnen erklang ein schweres rollendes Geräusch

und Dev hielt sich entnervt die Hand vor die Augen, als Eemas Kugelpanzer um die Ecke bog.

»Und das ist ...?«, fragte Mason mit zittriger Stimme.

»Das ist die *Security«*, seufzte Dev.

EINBRUCH

Lee stieg aus dem ersten Lastwagen, der neben dem Farmhaus gestoppt hatte. Mit einer Gasmaske schützte er sich vor dem beißenden schwarzen Qualm. Ausgerechnet jetzt fing es an zu schneien und die weißen Flocken bildeten einen merkwürdigen Kontrast zu der verbrannten Erde.

Er ging von einem Laster zum anderen, während die Männer die Kisten abluden. Sogar Volta schnaufte vor Anstrengung, als er eine anhob. Nur bei Kwolek sah es vollkommen mühelos aus und sie holte die schwerste Kiste ganz allein von der Ladefläche. Lee blieb bei ihr stehen und zog sein Jackett in der Kälte enger um sich. Er sah sich um und runzelte die Stirn. »Hoffentlich sind wir hier richtig.«

Kwolek kickte den Kopf eines Roboterschafs weg. »Das sind wir, Lee. Versuch dich zu entspannen, der Collector wird dich schon nicht umbringen ... noch nicht.«

Sie gingen um das Farmhaus herum und Lee holte sein Handy heraus. Es fing sofort die feinen Signale des Komplexes auf, der tief unter ihnen lag. »Die ganze Anlage ist fest verschlossen wie eine Auster.«

Kwolek deutete mit einer Kopfbewegung auf die Kiste,

die sie trug. »Wir haben Ultraschallbohrer, Plasma-Laser und Atomisierer. Fort Knox könnte man damit aufmachen wie eine Thunfischdose.«

»Ja, aber bei denen hier kommen wir nicht einfach durch die Haustür.«

Sie blieben hinter dem Haus stehen. Wo vor Kurzem noch der Schuppen mit dem Bunker gestanden hatte, wechselte ein kleiner Fleck brodelnder Erde die Farbe von Rot zu Schwarz, während der geschmolzene Erdboden abkühlte. Lee schob den Ärmel zurück und sah auf seine Uhr. Ein kleines Hologramm des Collectors erschien.

»Wir sind hier. Der Bunker war mit einem Plasmaschneider ausgestattet. Kein Fahrstuhlschacht nötig. Das Ding ging einfach durch die Erde wie ein Messer durch Butter und das Gestein darüber hat sich wieder verschlossen, sodass wir ihm nicht folgen können.«

Der Collector nickte. »Es gibt andere Wege, hineinzukommen. Finden Sie sie.«

»Jawohl, Sir.«

Kwolek ergriff das Wort, bevor das Hologramm verblasste. »Da unten sollten nur zwei Personen sein, der Mann und der Junge. Wer sind die beiden anderen Kinder?«

Der Collector starrte sie an. Obwohl es nur ein Hologramm war, lief es Kwolek eiskalt den Rücken herunter. Es gab nur wenige Leute, die ihr Angst einjagen konnten, aber ihr neuer Boss gehörte eindeutig dazu.

Nach einer gefühlten Ewigkeit sagte der Collector endlich etwas. »Die sind ohne Bedeutung.«

Kwolek war erleichtert, als das Bild verschwand. Lieber stellte sie sich den tödlichen Abwehrsystemen des Inventorys, als wieder mit dem Collector sprechen zu müssen.

ABGERIEGELT

Mason und Lot wichen panisch zurück, als die Kugel auf sie zugerollt kam. Nur Dev blieb stehen, weil er wusste, dass Eema rechtzeitig stoppen würde. Mit perfekter Präzision kam sie nur wenige Zentimeter vor ihm zum Stehen. Ihre elektromagnetischen Motoren summten leise und Klappen an ihrer Oberfläche sprangen auf. Die Maschine entfaltete sich und ihr Körper ruhte jetzt auf zwei riesigen Speichenrädern, die Dev an Rollerskates erinnerten. Eemas Emoji-Kopf erschien und das große gelbe Gesicht sah auf sie herab.

»Hi, Eema«, seufzte Dev.

Eema musterte Mason und Lot. Mason machte noch einen Schritt rückwärts, aber Lot konnte nicht aufhören zu grinsen. Sie streckte die Hand aus und fuhr mit den Fingern über die Maschine. »Wow ...«

Aus Eemas Kugelkörper klappten plötzlich zwei Arme aus, bewaffnet mit gefährlich aussehenden Kanonen, deren Austrittsöffnungen bedrohlich glühten. Lot riss die Hand weg.

»Das Inventory ist abgeriegelt. Zwei Eindringlinge wurden entdeckt«, verkündete Eema und richtete die Waffen auf Mason und Lot.

Dev stellte sich vor die beiden und schwenkte die Arme. »Nein, nein, nein! Sie gehören zu mir!«

Dev fuhr herum, denn sein Onkel war gekommen. Er hatte erst jetzt den Bunker verlassen und scheuchte Eema mit einer Handbewegung weg. Die Maschine zog sich zurück, senkte aber nicht die Waffen.

»Sie sind *Gäste*, Eema.« Charles brachte das Wort kaum über die Lippen. »Begleite sie und Devon in die Kantine.«

»Kantine?«, sagte Dev. »Wir haben keinen Hunger. Und falls es dir entgangen sein sollte, wir werden angegriffen!«

Charles umkreiste Lot und Mason und musterte sie misstrauisch. »Und falls es *dir* entgangen sein sollte – du hast jede Sicherheitsregel verletzt, als du die beiden mitgebracht hast ... genau in dem Moment, in dem wir angegriffen wurden.« Er verstummte kurz und sah zu Dev hinüber. »Hältst du das für einen Zufall?«

Dev hätte gern etwas dazu gesagt, aber er wusste, dass es sinnlos war.

Sein Onkel warf Eema einen Blick zu und deutete den Flur entlang. »Lass sie nicht raus, bevor es vorbei ist. Du kennst die Prozedur.« Ohne ein weiteres Wort machte er kehrt und verschwand wieder im Bunker.

Dev sagte nichts, als Eema sie zur Kantine eskortierte. Er konnte hören, wie Lot und Mason bei jeder versiegelten Tür, an der sie vorbeikamen, neugierig miteinander flüsterten.

Sie betraten die Kantine, die so groß war, dass ihre gesamte Schule hineingepasst hätte. Weiße Tische und blaue

Stühle füllten den Raum. Das farbige Licht wechselte automatisch zu sanften Pastelltönen, denn die Sensoren spürten ihre Stimmung und wählten eine Farbe, die beruhigend wirken sollte.

»Bleibt hier«, befahl Eema. Sie nahm wieder ihre Kugelform an und rollte den Flur entlang, durch den sie gerade gekommen waren.

Als Dev auf die Tür zuging, glitt sie mit einem Druckluftzischen zu. Er drückte auf das Pad neben der Tür. Es piepte, aber die Tür blieb geschlossen.

»Mist«, murmelte Dev leise. Er schloss die Augen und seine Finger zeichneten ein kompliziertes Muster auf die Konsole. Es klappte nicht.

»Was machst du da?«, fragte Lot und sah ihn neugierig an.

»Die Tür ist verriegelt. Wenn ich nicht an den Stromkreis komme, kann ich sie nicht öffnen. So ein Mist!« Gereizt trat Dev gegen die Tür.

Als er sich wieder umdrehte, stellte er fest, dass Lot die Arme verschränkt hatte und ihn mit gerunzelter Stirn ansah. Mason saß ganz still an einem der Tische.

»Also, *Devon,* was ist hier los? Ich bin vorbeigekommen, weil es mir leidtat, was bei der Party passiert ist. Ich wollte versuchen, mich mit dir anzufreunden, und stattdessen wurde auf mich geschossen, ich wurde beinahe von einem Roboterschaf erschlagen, entführt und in irgendein unterirdisches Versteck gebracht, nur um mich von einem rollenden Roboter einsperren zu lassen.«

»Ja, ein ungewöhnlicher Tag«, bestätigte Dev und setzte sich an einen der Tische. Er warf Mason einen Blick zu. Die Bemerkung seines Onkels, dass die beiden ausgerechnet am

Tag des Angriffs aufgetaucht waren, ließ ihm keine Ruhe.

Lot holte tief Luft, wie um sich zu beruhigen. »Erste Frage: Was ist das hier für ein Ort?«

Dev trommelte mit den Fingern auf der Tischplatte und überlegte, was er sagen sollte. Eigentlich hatte er nichts zu verlieren. Wenn alles vorbei war, würde sein Onkel ihre Erinnerungen ohnehin löschen – und seine ebenfalls, wenn er Pech hatte.

»Es ist das Inventory. Eine Art Lager für ... für echt coole Dinge.«

»Für das Militär?«, fragte Mason leise.

»Nein. Oder doch, gewissermaßen. Aber es ist nicht nur militärischer Kram. Erfinder aller Epochen haben einmalige Dinge erschaffen, von denen ihr noch nie gehört habt. Das tun sie immer noch. Und diese Erfindungen werden hier aufbewahrt. Vieles davon ist echt faszinierend. Wir haben zum Beispiel ein Auto hier, das nur Wasser braucht. Kein Benzin, kein Öl, nur Wasser.«

»Und wieso haltet ihr das geheim?«, wollte Lot wissen.

Dev zuckte mit den Schultern. »Ich nehme an, weil einige Leute der Meinung sind, dass wir noch nicht bereit dafür sind.«

Mason schaute auf. »Welche Leute?«

Dev würdigte ihn keines Blickes. Seiner Meinung nach war Mason eine lästige Begleiterscheinung in einer ebenso lästigen Situation. »Das Welt-Konsortium.«

Mason und Lot tauschten einen verständnislosen Blick.

»Ihr habt schon von den Vereinten Nationen gehört? Das Welt-Konsortium steht ungefähr zehn Stufen darüber.«

»Mir kommt es eher so vor, als wollte jemand verhindern, um seinen Profit gebracht zu werden«, stellte Lot fest. »Zum Beispiel die Mineralölkonzerne.«

»Kann sein. Aber wir haben hier unten mehrere wasserbetriebene Autos. Cool, oder? Das Problem ist nur, dass Wasser ebenfalls knapp wird. Wir brauchen es zum Trinken und nicht, um unsere Autos damit anzutreiben. Wenn etwas zu gut scheint, um wahr zu sein, ist es das gewöhnlich auch. Zumindest sagt das das Welt-Konsortium. Ihm gehört dieses Lager.«

»Hab noch nie davon gehört«, murmelte Mason.

Lot lachte. »Das liegt daran, dass es so etwas nicht gibt. Er verarscht uns doch nur.«

Dev schüttelte den Kopf. »Nein, es gibt es wirklich.« Lot verdrehte die Augen, aber Dev fuhr trotzdem fort. »Hier unten ist alles geheim. Streng geheim. Noch geheimer als streng geheim.«

Lot beschloss mitzuspielen. »Und dann bist du Geheimagent? Sehr beeindruckend.«

Dev lachte humorlos auf. »Schön wär's. Hausmeister trifft es wohl eher. Junior-Hausmeister«, fügte er kopfschüttelnd hinzu. »Mein Onkel ist hier der Chef. Ich ... ich bin ihm nur im Weg.«

Er glaubte, Mitgefühl in Lots Augen zu sehen, aber vielleicht lag es auch nur an der Beleuchtung. Das war schwer zu sagen.

»Dann sind die Roboterschafe eure Alarmanlage?«, fragte Lot.

»Die sind nur Tarnung. Wir haben keine Zeit, richtige Tiere zu versorgen.«

Mason stand auf. »Und der große rollende Roboter?«

»Eema. Sie ist die künstliche Intelligenz, die für das alles hier zuständig ist.« Mit einer Armbewegung zeigte er auf den Raum. »Die Roboterkugel ist nur eine Hülle, in der sich Eema abspeichert wie in einen Anzug. Sie hat verschiedene davon, für unterschiedliche Aufgaben. Uns zu beschützen zum Beispiel.«

Lot fing an, im Kreis herumzulaufen. »Und das bringt mich zu Frage sechsundzwanzig. *Wer* greift uns an?«

»Und wann kann ich wieder nach Hause?«, mischte sich Mason ein.

»Glaub mir, Mason, wenn einer will, dass du schnellstens von hier verschwindest, dann bin das ich.« Dev versuchte sein Glück noch einmal an der Tür. Sie blieb geschlossen. »Ich denke, dass du verschwinden kannst, sobald das alles vorbei ist.«

Mason setzte sich wieder hin. Da war ein nervöses Zucken in seinem Bein. Die Angst stand ihm ins Gesicht geschrieben. Dev stellte verblüfft fest, dass er tatsächlich so etwas wie Mitgefühl für ihn empfand.

»Und wie lange wird es dauern?«, fragte Lot.

Dev hatte keine Ahnung. »Wahrscheinlich nicht lange.«

Sie hatten es schon mehrmals mit Eindringlingen zu tun gehabt, aber gewöhnlich waren es nur Leute, die ein paar Äpfel oder im schlimmsten Fall ein paar Ackergeräte stehlen wollten. Drei Mal hatten Agenten fremder Regierungen versucht, in das Inventory einzudringen, doch diese Angriffe waren schon nach zwanzig Minuten vom Sicherheitssystem gestoppt worden. Dies war das erste Mal, dass sie von einer kleinen Armee angegriffen wurden. Aber er war überzeugt, dass Eema und sein Onkel sie aufhalten würden.

Es war vollkommen undenkbar, dass die Angreifer einen Fuß ins Lager setzten.

DER EINZIGE WEG FÜHRT NACH UNTEN

Voltas Akkuschrauber surrte, als er das letzte gebogene Element aus einer der Kisten befestigte. Als alle Schrauben saßen, legte er den Metallring mit vier Metern Durchmesser vorsichtig auf den Boden.

Der Italiener trat zur Seite, damit ein amerikanischer Söldner dicke Kabel an den Ring anschließen konnte.

»Wieso hat das so lange gedauert?«, fuhr der Amerikaner ihn an.

»Das ist Wissenschaft, kein Ikea-Regal!«, fauchte Volta, aber der Amerikaner hatte sich bereits abgewandt und zog die Kabel bis zu einem der Laster.

»Kommt schon, Leute, wir verlieren Zeit. Baut die Ausrüstung auf!«, befahl Lee.

Der Amerikaner schloss die Kabel an einen großen Generator an, der auf der Ladefläche des Lastwagens stand. Lee warf einen Blick auf seine Armbanduhr und wusste genau, dass der Collector ihre Arbeiten aus der Ferne überwachte. Sie konnten es sich nicht leisten, im Zeitplan zurückzufallen.

Vier Söldner, auf deren Uniformen ein Logo mit zwei

ineinander verschlungenen H aufgestickt war, schleppten den fertigen Metallring über das Farmgelände. Eine Frau mit dem Codenamen Fermi kennzeichnete einen Bereich am Boden mit einem Laser.

»Legt es über die Markierung. Schneller!« Sie klatschte in die Hände wie eine ungeduldige Lehrerin.

Schnaufend vor Anstrengung platzierten die Söldner den schweren Ring an der richtigen Stelle. Die Frau nickte Lee zu. »Wir sind bereit.«

Lee trat an den Rand des Rings. Der Generator sprang an. Der Ring gab ein Zischen von sich und die Luft im Innern begann wie vor Hitze zu flimmern.

»Ich hoffe, dass deine Berechnungen stimmen«, sagte Lee zu Fermi. »Wenn nicht, brennen wir uns direkt durch den Planeten und auf der anderen Seite ins All.«

Die Frau runzelte die Stirn. »Natürlich stimmen sie. Ich habe den osmotischen Druck genau berechnet.«

Lee aktivierte seine Uhr. Das Hologramm des Collectors tauchte auf. »Sir, das Portal ist offen.«

»Sorgen Sie dafür, dass es funktioniert«, verlangte der Collector. »Ich will nicht, dass meine Mannschaft schon bei der ersten Hürde verdampft.« Das Bild richtete sich auf Volta. »Sie springen zuerst.«

Volta wurde blass. Sein Blick huschte zwischen den Kameraden hin und her, doch die konnten ihm nicht ins Gesicht sehen. »I-ich?«, stammelte er.

»Ich muss wissen, ob es sicher ist«, sagte der Collector mit drohender Stimme. »Springen Sie.«

Lee sah die verschiedensten Emotionen im Gesicht des Italieners, von Furcht bis Entschlossenheit. Von Befehlsverweigerung keine Spur. Sie alle hatten gesehen, zu welchen Taten der Collector gestandene Männer bringen konnte, und niemand wagte es, sich ihm zu widersetzen.

Volta zog den Schultergurt seiner Waffe fester und stand schweigend am Rand des Rings. Er warf Lee einen letzten Blick zu. Dann sprang er in das flimmernde Energiefeld. Lee verzog das Gesicht. Der Mann wurde sofort verflüssigt und seine Atome verschwanden mit einem Blubbern im Boden.

Volta durchdrang die Erde per Osmose. Das bedeutete, dass er Erde, Steine und sogar die Titanbeschichtung in der Decke des Inventorys durchdringen konnte. Wenn die Theorie stimmte, würde er danach wieder seine ursprüngliche Form annehmen.

Lee und Kwolek warteten. Inzwischen stand auch der Rest des Teams um das Portal herum. Plötzlich hörten sie Voltas Stimme in den Neutrino-Ohrstöpseln, die sie alle trugen. »Ich bin durch!«, rief er und seine Erleichterung war nicht zu überhören.

Lee lächelte und spürte, wie alle anderen aufatmeten. Offenbar würden sie noch nicht sterben.

Der Raub konnte beginnen.

ERSTE SCHRITTE

Nervös beobachtete Lot, wie Dev im Raum hin- und herlief. Seine Hektik war ansteckend. Ihn zu besuchen, war ein Fehler gewesen. Seit der Party hatte Dev ihr leidgetan und die Tatsache, dass er in der Schule immer so still war, hatte ihre Neugier geweckt. Aber dann war es zu diesem dramatischen Angriff auf die Farm gekommen, und die Erkenntnis, dass sich darunter dieser Hightech-Bunker befand, wandelte sich allmählich von Faszination über Besorgnis bis hin zu Langeweile. Es nervte sie, in diesem großen öden Raum festzusitzen und nichts tun zu können.

Sie sah zu, wie Dev auf seine merkwürdige Uhr tippte und hineinsprach.

»Eema, wann können wir endlich wieder raus? Wir sitzen hier schon seit einer Stunde.«

Es kam keine Antwort. Dev runzelte die Stirn. Lot war stolz auf ihre Fähigkeit, die Körpersprache von anderen Leuten zu lesen, und übte oft an ihren Eltern. Ihre Mutter konnte es nicht leiden, wenn Lot versuchte, ihre Stimmung zu ermitteln. Das lag vermutlich daran, dass ihre Analyse meistens korrekt war.

»Eema, bitte kommen. Onkel Parker?«

Wieder nur beunruhigendes Schweigen.

»Ist das normal?«, fragte Mason, der endlich von seinem Handy aufschaute. »Dass sie dich ignorieren?«

Dev schüttelte den Kopf. »Selbst wenn mein Onkel sauer auf mich ist, kann ich ihn eigentlich immer erreichen. Er traut mir nicht, wenn ich hier unten bin«, fügte er noch hinzu.

Lot sah etwas über Devs Gesicht huschen, einen Anflug von Einsamkeit, vermutete sie. Es war kaum zu glauben, aber er tat ihr tatsächlich schon wieder ein bisschen leid, obwohl sie eigentlich wütend auf ihn sein sollte. Noch einmal drückte Dev auf den Türöffner. Vergeblich.

»Das hast du schon versucht«, bemerkte Lot. »Glaubst du, dass es wie durch Zauberhand plötzlich funktioniert?«

»Da stimmt etwas nicht. Ganz und gar nicht«, murmelte Dev und fuhr mit den Fingern über das Tastenfeld. Lot vermutete, dass es normalerweise auf seinen Handabdruck reagierte.

Dev schlug gegen die Wand. »Das Sicherheitssystem reagiert nicht. Ich sollte in der Lage sein, diese Tür zu öffnen!«

Er sah auf seine Uhr und bediente sie mit einigen kleinen Handbewegungen. Sein Blick traf den von Lot und sie sah, wie er zögerte.

»Eigentlich darf ich das niemandem zeigen.« Dev seufzte und tippte auf den Mini-Bildschirm. Über seiner Uhr schwebte jetzt eine Karte der gesamten Anlage. Das Hologramm war fünf Mal größer als das Display der Uhr.

Lot machte große Augen. Die Flugzeuge, die ihr Vater flog, waren vollgestopft mit Technik, aber das hier war eindeutig viel fortschrittlicher.

»WOW!«, rief Mason, der von seinem Handy aufschaute. »Ist das cool!«

»Einfache holografische Projektion. Total veraltet«, erklärte Dev. Er drehte das Bild mit einem Finger und fand die Kantine am äußeren Rand. Aus Sicherheitsgründen fehlten selbst auf dieser Übersichtskarte die streng geheimen Räume im Zentrum des Inventorys.

»Ist das der Raum, in dem wir sind?« Lot zeigte auf die Stelle. Sie war fest entschlossen, sich nicht anmerken zu lassen, wie sehr sie die Technologie beeindruckte, die Dev so selbstverständlich benutzte.

»Ja. Und ich sollte von hier aus Zugriff auf die meisten Überwachungskameras haben.« Er tippte auf die kleinen Kamerasymbole, die überall auf der Karte verteilt waren. Jedes Mal öffnete sich ein Extrafenster mit einem Überwachungsvideo. Jedes einzelne von ihnen zeigte nur ein weißes Bild.

»Sind sie kaputt?«, fragte Lot.

Dev schüttelte den Kopf. »Sicher nicht.«

Mason kam zu ihnen. »Dann sollten wir vielleicht endlich hier verschwinden und selbst nachsehen, findet ihr nicht?« Er sah sich die Tür mit dem Tastenfeld genau an.

»Nichts leichter als das«, höhnte Dev. »Wir hacken uns einfach ins Überwachungssystem und schalten die Türverriegelung ab ...«

Mason trat mit seiner stahlverstärkten Stiefelspitze gegen das Touchpad. Die Metallplatte bog sich und fiel dann aus der Verankerung. Bevor Dev protestieren konnte, hatte Mason bereits zwei Drähte herausgezogen und drehte sie zusammen. Es gab einen Funken – und die Tür glitt auf.

Lot sah ihn verblüfft an. »Wie hast du das gemacht?«

Mason wurde rot. »Mein Bruder hat mir ein paar Mal gezeigt, wie man ein Auto kurzschließt ...«

Lot hob eine Braue. »So viel zu deiner tollen Security«, sagte sie zu Dev.

Dev verließ schweigend die Kantine und warf einen Blick nach links und rechts. Alles wirkte ganz normal. Wie immer. Er schloss die Karte, die über seiner Uhr schwebte, und versuchte erneut, eine Verbindung herzustellen. »Eema, Onkel Parker, könnt ihr mich hören?«

Nichts. Er schlug den Weg ein, auf dem sie gekommen waren, und bedeutete den anderen, ihm zu folgen. »Bleibt dicht zusammen.«

Kurz bevor sie den Kommandobunker erreichten, führte der Gang um eine scharfe Kurve. Die öden grauen Korridore erinnerten Lot an die vielen militärischen Einrichtungen, die sie mit ihrem Vater besucht hatte. Die ersten paar Türen, an denen sie vorbeikamen, waren geschlossen, aber Dev blieb wie angewurzelt stehen, als er sah, dass drei Türen nicht nur offen standen, sondern dass der Inhalt der Räume auf den Gang hinausgeworfen worden war.

»Mein Onkel ist der totale Ordnungsfanatiker«, flüsterte er. »Bei so einem Chaos würde er ausflippen.«

Lot ballte unwillkürlich die Fäuste, als ihr klar wurde, was Dev ihnen damit sagen wollte. »Das bedeutet, dass hier unten noch jemand ist, stimmt's?«

Dev nickte und setzte sich langsam wieder in Bewegung. Lot blieb dicht bei ihm, aber Mason hielt Abstand. *Doch kein so harter Typ,* dachte sie.

Die erste Tür wurde von einem großen Metallregal blockiert, das jemand in den Gang gekippt hatte. Kartons mit elektrischen Bauteilen lagen aufgerissen vor ihnen und der Inhalt hatte sich über den Fußboden verteilt: Zahnräder in verschiedenen Größen, Messgeräte, Kolben, Druckluftpumpen, Elektromotoren, Lötkolben und andere mechanische Dinge.

Die drei erstarrten, als aus dem nächsten Raum Gelächter zu hören war.

»Deckung!«, zischte Dev und duckte sich hinter das umgestürzte Regal.

Lot und Mason drängten sich gerade noch rechtzeitig dicht zusammen, denn aus dem Nebenraum kamen zwei Männer. Es waren Muskelpakete und ihrem Profil nach zu urteilen, waren sie eineiige Zwillinge. Beide hatten eine Waffe umgehängt. Keine normalen Gewehre, stellte Lot fest. Es war irgendetwas Moderneres, das sehr bedrohlich aussah. Auf den Uniformen der Kerle entdeckte sie ein Logo. Es zeigte zwei ineinander verschlungene H.

»Und es hieß, das Sicherheitssystem hier wäre das beste der Welt! Guter Witz!«, spottete einer der Männer.

»Die haben eben nicht mit den Wright-Brüdern gerechnet!«, bemerkte der andere und hob die Faust, damit sein Bruder dagegenschlagen konnte. Sie gingen den Korridor hinunter und verschwanden außer Sichtweite, als der Gang um eine Kurve führte. »Hoffentlich ist diese Eisenfaust den Aufwand wert.«

»Kennst du die?«, wisperte Mason.

»Noch nie gesehen«, antwortete Dev, der fieberhaft nachdachte. »Die sollten nicht hier sein.« Langsam erhob er sich.

Lot packte seine Hand, um ihn zurückzuziehen. »Warte! Wohin willst du?«

»Ich will wissen, was die dadrin gemacht haben. Bei dem Chaos vermute ich, dass sie etwas suchen.«

Dev warf vorsichtig einen Blick durch die offene Tür,

um sich zu vergewissern, dass niemand mehr da war. Der Raum war leer und Dev schlüpfte hinein. Lot folgte ihm. Sie warf einen Blick auf Mason, der sich bemühte, seine Angst zu verbergen.

»Ich halte Wache«, sagte er.

Der Raum war voller uralter Schreibwaren. Die Büroklammern hatten Rost angesetzt und das Papier der Notizblöcke war vergilbt. Lot vermutete, dass das Inventory so hochtechnisiert war, dass der Bürokram schon seit Jahrzehnten nicht mehr gebraucht wurde.

Ein Schrank war von der Wand abgerückt worden und jemand hatte die Betonmauer dahinter mit dem Stemmhammer aufgebrochen, der jetzt auf dem Schutthaufen lag. Durch das Loch in der Wand hat sich jemand Zugang zu mehreren Plastikrohren ermöglicht, die aufgeschlitzt waren. In ihnen verliefen bündelweise Kabel. An jedem einzelnen waren Klemmen befestigt worden und an den Glasfaserkabeln befanden sich kleine Prismen, die das Lichtsignal spiegelten. Die angezapften Drähte führten zu einem Laptop neben der aufgebrochenen Wand. Der massive Koffer, in dem der Laptop steckte, war von der Bauart, wie sie auch Soldaten bei militärischen Operationen benutzten.

»Die haben sich Zugang zu eurem Sicherheitssystem verschafft«, stellte Mason fest.

Lot fuhr zusammen. Sie hatte nicht damit gerechnet, dass er ihnen gefolgt war. »Woher weißt du das?«, fragte sie.

»Was glaubst du denn? Hast du noch nie einen Film gesehen?«

Dev drückte sich an Lot vorbei und berührte das Touchpad des Laptops. Sofort öffneten sich mehrere Fenster. Jedes hatte einen Titel – Funk, Mikrowellen, Video, Optik,

Audio – und auf allen waren pulsierende Sinuswellen zu sehen. »Deswegen kann ich Eema nicht erreichen«, erkannte er. »Sie fangen jedes Signal ab. Aber wenn ich einfach den richtigen Draht abklemme –«

Er griff nach einer der Klemmen, doch Lot hielt seine Hand fest. »Okay, du Genie. Woher weißt du, dass es der richtige ist?«

Dev lächelte. »Vertrau mir, ich ... kann das.«

Lot zögerte, ließ dann aber seine Hand los. Da lag eine Zuversicht in seinem Lächeln, die sie bei ihm noch nie gesehen hatte.

Dev fuhr mit den Fingern über die Drähte und runzelte konzentriert die Stirn.

Lot und Mason tauschten einen Blick. »Ich glaube, es bringt nichts, die Drähte nur zu massieren«, stichelte Mason.

Dev schüttelte den Kopf. »Es klappt nicht.«

»Was klappt nicht?«, fragte Lot.

»Er glaubt, dass er eine Art schrottiger Superheld ist«, sagte Mason.

»Ich nehme einfach alle Klemmen ab.«

»Dann wissen sie, dass wir hier sind!«, widersprach Mason sofort.

Lot nickte. »Er hat recht. Wir müssen zurück an die Oberfläche und Hilfe holen.« Der Ausdruck auf Devs Gesicht gefiel ihr gar nicht. »Wir *können* doch Hilfe holen, oder?«

Dev sah erst sie und dann Mason an. »Eigentlich nicht.«

Lot ließ den Kopf hängen. Sie litt zwar nicht unter Platzangst, aber die Vorstellung, unter der Erde gefangen zu sein und nie wieder das Tageslicht zu sehen, jagte ihr einen Schauer über den Rücken.

»Ich wüsste nicht, wen wir anrufen sollten«, erklärte Dev.

»Jedenfalls nicht die Polizei. Die weiß nicht einmal, dass es diese Anlage gibt.«

»Das Militär?«, fragte Lot hoffnungsvoll. »Vielleicht kann mein Dad ...«

Dev schüttelte den Kopf. »Wie ich schon sagte, das Inventory kennt so dämliche Dinge wie Ländergrenzen nicht. Das Welt-Konsortium steht weit darüber.«

Mason stöhnte. »Hast du denn keine Telefonnummer? Jemanden, den du anrufen kannst, wenn du Hilfe brauchst? Wenn die Typen so wichtig sind, reicht es doch sicher, einfach nur die Eins zu wählen, oder?«

»Wir befinden uns an einem Ort, der eigentlich niemals Hilfe von außen braucht«, sagte Dev. »Außerdem habe ich keine Telefonnummer vom Welt-Konsortium.«

»Na toll!«, knurrte Mason. »Und was machen wir jetzt?«

»Als Erstes tun wir alles, um das Sicherheitssystem zu überlisten.«

Dev hielt seine Armbanduhr hoch und machte mit der winzigen Kamera Fotos von Mason und Lot, die er dann drahtlos ins Netzwerk einspeiste.

»War das alles?«, fragte Mason fassungslos. »Wir brauchen einen richtigen Plan!«

Lot war derselben Meinung. Doch Devs Schultern sanken herab.

»Der Einzige, der uns helfen kann, ist mein Onkel. Und ich habe keine Ahnung, wo er steckt.«

WIR BEOBACHTEN EUCH

Irgendwo weit entfernt vom Inventory erschien eine Nachricht auf einem Bildschirm. Es gab keinen Alarm, keine blinkenden Warnlämpchen und auch sonst nichts, das auf die Schwere des gerade entdeckten Problems hinwies.

Der Plastikbecher mit Kaffee, der gerade auf den Schreibtisch gestellt worden war, überlebte genau sechs Sekunden, denn als die Person, die ihn dort hingestellt hatte, die Nachricht auf dem Bildschirm las, sprang sie auf, stieß den Becher um und rannte aus dem Raum.

Das Undenkbare geschah – jetzt.

DAS SPIEL BEGINNT

Charles Parker zerrte an seinen Handfesseln. Sie gaben nicht nach, aber das hatte er auch nicht erwartet. Die Verbrecher konnten das elektromagnetische Band, das seine Handgelenke zusammenschnürte, jederzeit lösen, wenn sie etwas von ihm wollten. Sie konnten es aber auch fester ziehen, wenn er sich widersetzte. Er sank in seinem Stuhl zusammen.

Das Inventory war so schnell und brutal attackiert worden, dass Charles davon überrascht war. Er hatte im Bunker gesessen und versucht, die Lage unter Kontrolle zu behalten. Eema und er hatten fieberhaft daran gearbeitet, die Kommunikation der Angreifer zu stören. Doch plötzlich war ein kompletter Angriffstrupp wie feiner Regen buchstäblich durch die Decke gesickert und von einer Sekunde zur anderen hatten sich schwer bewaffnete Terroristen vor ihnen materialisiert.

Ihre Art des Eindringens hatte Charles am meisten verblüfft. Es gab hier im Inventory den Prototypen eines Osmose-Generators, der bei einem genialen Erfinder beschlagnahmt worden war. Aber offenbar gab es noch jemanden, der über diese Technologie verfügte.

Lee starrte auf die Bildschirme. Sie zeigten perfekte 3-D-Aufnahmen der Überwachungskameras in den Gängen und den Sektoren mit niedriger Sicherheitsstufe. »Wo stecken diese Kinder?«, murmelte er.

Charles seufzte. »Wie ich schon sagte, hätten die beiden anderen überhaupt nicht hier sein dürfen. Sie sind keine Bedrohung für Sie und Ihren vergeblichen Versuch, diese Anlage zu infiltrieren.«

»Wir sind bis hierher gekommen oder etwa nicht?«

»Das Inventory hat sich längst als absolut sicher erwiesen, sogar von *innen.*«

Lee lächelte. »Wenn Sie uns einfach den Zugang zur Roten Zone ermöglichen, belästigen wir Sie nicht länger.«

Trotz der Gefahr lachte Charles und schüttelte den Kopf. »Sie wissen, dass das unmöglich ist. Und Ihren Osmose-Trick können Sie bei den Panzertüren vergessen. Das Gravitationsfeld würde die Atome zerfetzen. Und die Türen ...«

»Mir sind die Probleme durchaus bekannt«, unterbrach ihn Lee. »Aber mein Boss will etwas haben, das in dieser Zone ist. Und er bekommt immer, was er will ... auf die eine oder die andere Weise.«

»Ihr Boss? Und wer soll das sein?«

Lee kniete sich hin und starrte Charles ins Gesicht. »Man nennt ihn den Collector.«

Charles hatte das Gefühl, als würde sein Blut gefrieren. Allein bei der Erwähnung des Namens stellten sich seine Nackenhaare auf.

Diese Reaktion brachte Lee zum Grinsen. »Oh, Sie haben von ihm gehört?« Lee wuschelte Charles neckisch durch die Haare und kehrte zurück an die Bildschirme. »Dann wissen Sie auch, wozu er fähig ist?« Charles wagte nicht zu antworten. Lee konzentrierte sich wieder auf die Monitore. »In die Rote Zone zu gelangen, wird schwierig werden, aber unmöglich ist es nicht. Denn das ist unsere Spezialität, nicht wahr, Charles? Das *Unmögliche*. Auch wenn es ein paar Leben kostet.«

Charles sah ihn finster an und sprach jetzt ganz leise. »Bilden Sie sich nicht ein, dass Ihre Drohungen irgendeine Wirkung auf mich haben.« Er senkte die Stimme noch weiter. »Sie haben Anweisung, mir nichts zu tun, stimmt's?«

Lees Schweigen bestätigte seine Vermutung.

Plötzlich entdeckte Lee etwas auf einem der Monitore und runzelte die Stirn. »Hey, Volta, ich hab hier was!«, rief er.

Volta kam angerannt und schaute auf den Bildschirm. »Und was soll ich da sehen?«, fragte er.

Lee deutete auf eine Aufnahme der Kantine. »Das.« Nach einem Moment des Schweigens sah er Volta erwartungsvoll an. »Hast du es gesehen?«

Volta schüttelte den Kopf. »Ich sehe nur eine Tür.«

Lee seufzte, fuhr zurück und zeigte eine Großaufnahme der Tür. Auch diesmal war niemand zu sehen, aber das Türschloss zerplatzte plötzlich und fiel zu Boden, als hätte ein Geist die Tür aufgebrochen. Einen Moment später öffnete sie sich ... und glitt wieder zu.

»Die sind *unsichtbar?«*, fragte Volta verblüfft.

Lee zuckte mit den Schultern. »Es sieht so aus, aber wie sie das angestellt haben, ist eigentlich egal. Die Zwillinge sind drin. Die Verbindung zur Außenwelt ist gesichert. Das Team oben auf der Farm ist bereit und Eema offline. Wir haben alles unter Kontrolle. Wieso gehst du nicht einfach los und machst dein Ding? Das Spiel beginnt.«

Charles bemerkte den hasserfüllten Blick, den Volta Lee zuwarf. Es war eindeutig, wie sehr es den Söldner anwiderte, dass Lee ihm Befehle erteilte. Volta verließ den Raum ohne ein weiteres Wort.

Lee drehte sich langsam zu Charles um und verschränkte die Finger. »Ich habe Anweisung, Ihnen nichts zu tun. Aber was diese Kinder angeht ...«

Charles' Blick huschte von einem Monitor zum nächsten. Er fragte sich, was sein Neffe wohl ausheckte.

IN DER GELBEN ZONE

Dev rannte den Korridor entlang, dicht gefolgt von Lot und Mason. Lot warf einen Blick auf die Überwachungskamera an der Decke. »Bist du sicher, dass die uns nicht sehen können?«, fragte sie.

»Wohin gehen wir?«, wollte Mason wissen.

»Macht euch keine Sorgen wegen der Kameras«, sagte Dev. »Darum habe ich mich gekümmert.« *Glaube ich zumindest,* fügte er in Gedanken hinzu. Er hatte Eema schon oft auf dieselbe Weise ausgetrickst und hoffte nur, dass die Eindringlinge nicht herausfanden, was er getan hatte. »Wir bringen uns in Sicherheit.«

»Warte mal«, sagte Mason, »sollten wir nicht versuchen, nach draußen zu gelangen? Du weißt schon, weit weg von den Typen mit den Waffen?«

»Es wird nicht mehr lange dauern, bis sie uns hier entdecken«, fügte Lot hinzu. »Und wir können uns nirgends verstecken.«

Sie bogen um eine Ecke und Dev blieb vor einer großen runden Tür stehen, die aussah, als führte sie in den Tresor einer Bank.

»Stimmt genau«, sagte er. »Deswegen werden wir uns im Lager verstecken, bis Hilfe kommt. Dadrin finden die uns nie. Die Gelbe Zone ist der reinste Irrgarten.«

Er legte die Handfläche auf die schwarze Platte in der Mitte der Tür. Sie scannte nicht nur seinen Handabdruck, sondern auch seine DNA, eine Sicherheitsvorkehrung, die nur ihm und seinem Onkel den Zutritt zu diesem Bereich erlaubte.

Die Tür öffnete sich und die drei betraten die gigantische Lagerhalle.

»Das war einfach«, stellte Lot fest.

»Als ich vorhin im Netzwerk war, habe ich den Computer so programmiert, dass er mir Zugang gewährt.« Dev lächelte. »Man muss sich die Dinge ja nicht schwieriger machen als nötig.«

»Wow«, sagte Mason zum x-ten Mal an diesem Tag, als er sich in der Gelben Zone umsah.

Das Lager war riesig. Etwa vier Stockwerke über ihnen wölbte sich eine halbrunde Decke und die Gänge zwischen den Regalreihen waren so lang, dass die hintere Wand nicht auszumachen war.

Lot war beeindruckt. »Das sieht aus wie der größte Baumarkt der Welt.«

Mason deutete mit dem Fuß auf die breiten farbigen Streifen auf dem Boden, die in alle Richtungen liefen. »Wohin führen die?«

»Jede Farbe gehört zu einem bestimmten Bereich in der Zone und führt dann weiter in die nächste, von denen jede stärker gesichert ist als die vorherige. Zu einigen davon habe nicht einmal ich Zugang. Aber das macht nichts, weil wir uns hier verstecken werden. Das ist das Lager mit der geringsten Sicherheitsstufe. Hier lagert nur Zeug der Kategorie eins.«

Lot ging auf das nächstgelegene Regal zu und holte einen großen Glasbehälter herunter. Er war voller bunter Bälle. Sie las das Etikett. »Hyperbälle?«

»Fass *nichts* an«, befahl Dev.

Lot hatte bereits die Hand im Glas und holte einen roten Ball heraus. »Reg dich ab«, seufzte sie. »Wofür hältst du mich? Und ich dachte schon, du wärst cool.«

Diese Bemerkung verblüffte Dev. Noch nie hatte ihn jemand als cool bezeichnet. Er griff nach dem Ball, aber Lot wich ihm aus.

»Sei vorsichtig! Das ist hyperträges Perpetuum-Silikon«, warnte er.

Lot blinzelte. »Wow. Nerd Alert.« Sie warf den Gummiball auf den Boden.

Dev sprang auf sie zu, doch es war zu spät. »NEIN!«

Der Ball prallte auf und wurde sofort schneller. Er knallte gegen ein Regal und seine Geschwindigkeit verdoppelte sich. Als er vom nächsten Regal abprallte, schoss er mit dem Geräusch einer Gewehrkugel zwischen Dev und Lot durch, die hastig in Deckung gingen.

Lot beobachtete fasziniert, wie der Ball von einem Gegenstand zum nächsten sprang und dabei jedes Mal seine Geschwindigkeit verdoppelte. Irgendwann verloren sie ihn im Gewirr der Gänge aus den Augen.

»Tut mir leid«, sagte Lot mit ihrem besten *Hass-mich-bitte-nicht*-Lächeln.

Dev nahm ihr vorsichtig das Glas aus den Händen und stellte es zurück ins Regal. »Jeder Aufprall erhöht die Geschwindigkeit bis zur kritischen Masse. Dann hat er die Wucht einer Abrissbirne. Deswegen wurden die Bälle 1963 verboten, nachdem ein Kind einen ganzen Karton voll aus dem Fenster geworfen und damit einen Wolkenkratzer zum Einsturz gebracht hat.«

»Davon habe ich noch nie etwas gehört«, sagte Lot, um einen verlegenen Tonfall bemüht.

»Natürlich nicht. Alles, was hier liegt, wurde aus gutem Grund verboten, eingezogen oder verborgen. Und sehr viele sehr vernünftige Leute geben *sehr* viel Geld aus, um all das weiterhin geheim zu halten. Alles, was sich hier befindet, ist gefährlich.«

Ein furchtbares Getöse ließ sie herumfahren. Mason hatte einen Haufen Metallplatten umgestoßen. Er war leichenblass und wie erstarrt, als rechnete er damit, dass die Platten explodierten.

»Das war ein Versehen!«, beteuerte er und wich langsam zurück. »Was sind das für Dinger?« Sein Blick huschte hektisch über die Platten.

Dev verdrehte die Augen. »Das sind leere Regalbretter, du Genie. Und wenn ihr beide jetzt vielleicht ...« Er verstummte, als auf der anderen Seite der Tür ein dumpfes Brummen ertönte.

»Was war das?«, fragte Mason. Er ging rückwärts, bis er gegen Dev prallte, und ließ dabei die Tür nicht aus den Augen.

»Jemand versucht hereinzukommen«, flüsterte Dev.

»Schaffen die das?«, fragte Lot leise.

Die einzig logische Antwort war *Nie im Leben,* aber diesen Typen war es bereits gelungen, in die Anlage einzudringen, was eigentlich unmöglich sein sollte.

Unmöglich ... wie hatten sie es gemacht?

Dev sah Lot und Mason prüfend an. »Wieso seid ihr heute auf die Farm gekommen?«

Lot und Mason tauschten einen Blick, weil sie nicht genau wussten, wen von ihnen Dev angesprochen hatte. Einen Moment lang herrschte betroffenes Schweigen, bis einer von ihnen etwas sagte.

Lot zuckte mit den Schultern. »Ich wollte einfach Zeit mit dir verbringen. Dich kennenlernen.«

»Nachdem du mich in der Schule *jahrelang* ignoriert hast?«

Lot verschränkte die Arme und reckte trotzig das Kinn. »Du hast *mich* ignoriert – nur damit das klar ist.«

Dazu fiel Dev nichts ein. Also sah er Mason fragend an. »Und du?«

»Das habe ich dir doch schon gesagt. Ich wollte ... dich ärgern.« Als er Devs finstere Miene bemerkte, fuhr er hastig fort. »Du bist ein leichtes Opfer. Lässt mich gut aussehen.« Er ließ beschämt den Kopf hängen. »Ich war ein Idiot, okay?«

»Gib mir einen guten Grund, dich nicht einfach zurückzulassen«, verlangte Dev.

»Dev!«, empörte sich Lot.

Dev sah Mason unverwandt in die Augen und suchte dort nach einem Anflug von Feindseligkeit. »Wieso nicht? Er würde dasselbe mit mir machen.«

Mason hielt seinem Blick stand ... dann zuckte er mit den Schultern. »Mir fällt keiner ein«, sagte er bedrückt.

»Dev, wir verschwenden Zeit!«, fuhr Lot ihn an.

Eigentlich hätte Dev erwartet, dass es ein tolles Gefühl sein würde, endlich über Mason zu triumphieren, aber stattdessen hatte er nur ein schlechtes Gewissen. Er ignorierte Lots strafende Miene und betrachtete stattdessen eines der Regale. »Könnt ihr Skateboard fahren?«

»Klar«, sagte Lot.

Mason sah weniger zuversichtlich aus. »Ich konnte es mal. Als ich jünger war, meine ich.«

Dev rannte zum Regal und holte drei Skateboards herunter. Er legte an jedem von ihnen einen Schalter um und sie fielen in einer Reihe auf den Boden.

Mason betrachtete sie misstrauisch. »Fehlen da nicht ein paar Rollen?«

Er hatte recht. Statt der üblichen vier Rollen hatten diese Boards nur ein großes Rad, das durch das Brett ragte. Rechts und links davon konnte man seine Füße hinstellen. Obwohl Dev sie einfach auf den Boden geworfen hatte, waren die Boards perfekt ausbalanciert.

»OmniBoards«, erklärte er. »So ähnlich wie ein Segway, man kann praktisch nicht runterfallen.« Die Blicke der beiden sprachen Bände. »Ihr seid doch schon Segway gefahren, oder?«

Lot und Mason sahen sich an und schüttelten den Kopf.

BUMM! Die runde Tresortür bebte, als sie von außen gerammt wurde. Dev beobachtete fasziniert, wie das Metall von der Mitte aus weiß wurde. Eis. Mit lautem Knacken breitete sich die Kälte langsam aus.

Dev sprang auf eins der Boards und hielt mühelos das Gleichgewicht. »Lehnt euch einfach in die Richtung, in die ihr fahren wollt. Wir sollten jetzt lieber ...«

Ein zweites Krachen hallte durch das Lager. Die tiefgefrorene Panzertür wurde erneut gerammt und zerplatzte wie Glas. Soldaten, angeführt von einer Frau mit roten Haaren, stiegen durch die Öffnung und entdeckten die drei sofort.

»Da sind sie!«

Lot und Mason brauchten keine Einladung. Sie sprangen auf ihre Boards und ruderten wie wild mit den Armen, obwohl es gar nicht nötig war, weil sich die Boards sofort auf ihr Gewicht einstellten und reglos stehen blieben.

Mason beugte sich nach vorn und sein OmniBoard raste mit erstaunlicher Geschwindigkeit direkt auf ein Regal zu. Er schrie auf, hielt sich schützend die Arme vors Gesicht und lehnte sich instinktiv zur Seite, um dem Aufprall zu entgehen. Das Rad des Boards reagierte sofort. Mason verfehlte das Regal und das Brett sauste in einem Neunzig-Grad-Winkel in die neue Richtung. Er johlte vor Begeisterung und hielt die Arme seitlich ausgestreckt wie ein Hochseilartist.

Dev und Lot waren an seiner Seite. Trotz der drohenden Gefahr konnten sie sich ein Grinsen nicht verkneifen.

Plötzlich ertönte ein dumpfes, pulsierendes Geräusch. Ein Streifen schimmernder Luft rauschte über ihre Köpfe hinweg und traf ein Regal in ihrer Nähe, das mit einem Krachen explodierte.

»Schallkanonen!«, brüllte Dev, der die Technologie sofort erkannt hatte. Er warf einen Blick nach hinten auf die Verfolger mit ihren Waffen.

In schneller Folge wurden weitere Schüsse abgegeben. Dev wich einem aus und stieß dabei mit Mason zusammen, der mit rudernden Armen aus der Bahn gerammt wurde. Diese Aktion rettete ihm das Leben, denn ein weiterer Schuss aus der Schallkanone explodierte direkt vor ihm.

»Kommt mit!« Dev führte die beiden in einen Gang, in

dem sie aus der Schusslinie waren. Dabei fiel ihm auf, dass jetzt noch mehr Angreifer hinter ihnen waren. Ihre Schuhsohlen glühten bei jedem Schritt, bis sie schließlich einige Zentimeter über dem Boden schwebten und es aussah, als glitten sie über eine Eisfläche. Sie kamen schnell näher.

Diese gleitenden Schuhe sind viel besser als die klobigen HoverBoots, dachte Dev. Es kostete ihn Überwindung, den Blick von der beeindruckenden Technologie abzuwenden und sich stattdessen auf seine Verfolger zu konzentrieren.

Einer von ihnen hatte ein finsteres Gesicht und den muskulösen Körperbau eines Berufssoldaten. Dann war da die Frau mit langen roten Haaren und einem bedrohlich aussehenden Exoskelett aus Metall, technisch so ausgereift, wie Dev es noch nie gesehen hatte.

»Mir nach«, rief er. Weitere Schüsse aus der Schallkanone zwangen ihn, den Kopf einzuziehen. Eine Schallwelle zischte so dicht an ihm vorbei, dass es in seinen Ohren knackte.

»Die holen auf!«, schrie Lot, die einen Blick nach hinten riskiert hatte.

Sie sausten um eine Ecke und hinter ihnen prasselten Kartons von den Regalen. Unmengen verbotener Kleingeräte verteilten sich über den Boden. Ihre Verfolger wichen ihnen mühelos aus.

Dev fluchte leise vor sich hin. Er wünschte, er hätte einen Karton voll Prisma-Buddys, denn die könnte er jetzt gut brauchen. Aber anders als die Geheimagenten in den Filmen, die stets die passende Ausrüstung zur Hand hatten, war Dev nur von Zeug umgeben, das er *nicht* brauchte.

Aber vielleicht ...

Er sauste dichter an ein Regal heran und schnappte sich

im Vorbeifahren irgendeine Schachtel. Ein Militärstempel auf dem Karton warnte: ACHTUNG! TRAGBARES LOCH.

Dev hielt den Blick auf den Gang gerichtet, duckte sich, als eine weitere Schallwelle auf ihn abgefeuert wurde, und riss den Karton auf. Er holte ein großes Gelpack heraus, das sich glibbrig anfühlte. Zwischen den durchsichtigen Gelschichten befand sich ein schwarzer Kreis. »Echt abgefahren«, murmelte Dev.

Er konzentrierte sich auf sein Gleichgewicht, zog die Gelschicht ab, achtete darauf, das Innere nicht zu berühren, und warf die schwarze Scheibe hinter sich.

Als sie auf seine Verfolger zuflog, schien sie immer größer zu werden. Die Angreifer waren so schnell unterwegs, dass zwei von ihnen nicht mehr ausweichen konnten und im Loch verschwanden. Dann faltete sich das Loch zusammen und löste sich mit einem leisen Ploppen auf. Dev konnte nicht länger hinsehen. Eigentlich wollte er gar nicht wissen, was aus den beiden Soldaten geworden war. Wichtig war nur, dass sie entkommen waren und jetzt auch die anderen Verfolger abschütteln mussten.

»Die nächste rechts!«, rief Dev.

In dieser Sektion gab es plötzlich keine Regale mehr, sondern nur noch gigantische Rohre und Zylinder, die alle zu einer riesenhaften spinnenartigen Maschine gehörten, die um 1800 gebaut worden war. Dev hatte nie begriffen, wieso irgendein Verrückter das Ding zusammengeschraubt hatte.

»Hier gibt es keine Deckung, du Idiot!«, brüllte Mason.

»Wetten doch?«, konterte Dev und kurvte blitzschnell in eines der mechanischen Beine. Lot und Mason schafften es nur knapp, ihm in das riesenhafte Rohr zu folgen. Mason musste den Kopf einziehen, um nicht gegen die Innenwand der Stahlröhre zu krachen.

Ihre beiden Verfolger schossen auf gleitenden Schuhen hinter ihnen her.

Die Röhre war etwa doppelt so hoch wie Dev – perfekt für das, was er vorhatte. »Macht dasselbe wie ich«, sagte er. Er duckte sich und lehnte sich dabei weit zur Seite. Lot und Mason machten es ihm nach und genau in diesem Augenblick eröffneten die Söldner das Feuer.

Dev startete als Erster und fuhr spiralförmig nach oben aus der Röhre, die Decke entlang und tauchte auf der anderen Seite wieder in die nächste Stahlröhre ein.

»Kwolek! Schieß auf die Boards!«, brüllte einer der Männer. Die Schallwellen rissen Löcher in die Stahlwand der Röhre, in der die Verfolger sich gerade hocharbeiteten.

»Nein!«, schrie Kwolek.

Es war zu spät. Kwolek hatte es geschafft, dem Beschuss auszuweichen, aber dem Mann über ihr gelang es nicht und er wurde aus der Röhre katapultiert. Der Schalldruck beschleunigte ihn so sehr, dass er zehn Meter hoch flog und so hart auf ein Regal krachte, dass sie alle den Aufprall hörten.

Das meterhohe Regal begann, bedrohlich zu schwanken. Dann kippte es um und der Mann wurde unter einem Berg Erfindungen begraben.

Dev, Lot und Mason kamen in vollem Tempo aus der anderen Röhre heraus.

Dev machte eine weitere scharfe Kurve und führte sie wieder zwischen die schützenden Regalreihen.

Lot warf einen Blick zurück. »Ich sehe sie nicht mehr. Glaubst du, dass sie aufgegeben hat?«

Eine Explosion riss direkt vor ihnen den Boden auf. Die drei lehnten sich auf ihren OmniBoards weit zur Seite und konnten gerade noch rechtzeitig ausweichen. Dev schaute sich um und musste feststellen, dass die wutschnaubende Frau sie fast eingeholt hatte.

»Ich finde, wir sollten etwas Luft schnappen!« Dev beugte sich weit nach vorn und holte alles aus seinem Board heraus. Als Lot und Mason sahen, wohin Dev fuhr, fiel ihnen die Kinnlade herunter.

»Bist du verrückt?«, schrie Mason.

Eine ganze Schallkanonen-Salve flog ihnen um die Ohren. Zum Glück konnte Kwolek bei diesem Tempo nicht richtig zielen. Außerdem war sie so sehr auf die Verfolgung konzentriert, dass sie nicht mitbekam, was vor ihr lag ...

Eine Kante, hinter der es vier Stockwerke abwärtsging. Dort unten befand sich der Bereich mit den Mega-Regalen, in denen Fluggeräte und Fahrzeuge standen.

Die drei Jugendlichen rollten über die schwarz-gelbe Warnmarkierung an der Betonkante und flogen durch die Luft.

Jetzt konnten sie nichts mehr tun. Ein Absturz aus dieser Höhe und bei dieser Geschwindigkeit würde mit großer Sicherheit tödlich enden.

Aber Dev hatte perfekt gezielt. Sie landeten auf einem Hochregal, das vier Stockwerke über die Fahrzeughalle aufragte und unter ihrem Aufprall bedrohlich wankte. Die Landung war ziemlich unsanft. Dev verlor das Gleichgewicht, das OmniBoard unter seinen Füßen flog weg und stürzte in die Tiefe.

Dev kugelte haltlos über das Regal und es tat weh, als erst Lot und dann auch Mason gegen ihn krachten. Auch die beiden waren von ihren Boards gefallen und lagen jetzt halb auf ihm.

Als Dev sich aufsetzte, sah er, wie Kwolek an der Kante scharf abbremste. Ihr Blick folgte den OmniBoards, die vier Stockwerke unter ihr auf dem Boden aufschlugen, aber dann entdeckte sie ihre Zielpersonen. Die drei kletterten am Rumpf eines Hubschraubers nach unten, einem von mehreren, die in dem Riesenregal standen, das sie gerettet hatte. Kwolek feuerte mit der Kanone auf sie, doch die Schallwellen rissen nur Löcher in den Rumpf des Hubschraubers, denn die drei waren auf der abgewandten Seite in Deckung gegangen.

Dev hörte ihr wütendes Gebrüll. Er riskierte einen Blick. Kwolek holte tief Luft, um ihnen eine Drohung hinterherzuschreien, doch genau in diesem Moment prallte der Hyperball, den Lot geworfen hatte, von einem Regal ab und traf Kwoleks Brust mit solcher Wucht, dass sie rückwärts gegen ein Gitter geworfen wurde. Ihr Kopf rollte zur Seite, als sie das Bewusstsein verlor.

ICH KANN DICH SEHEN

Lee schlug mit der Faust auf die Tastatur des Computers. Aber auch das änderte nichts an der Meldung, die auf dem Bildschirm blinkte.

ZUGANG VERWEIGERT

Sein Blick wanderte zu Charles. »Es muss doch ein Passwort geben, das die Sperre aufhebt.«

»Gibt es«, bestätigte Charles gelassen. Er hob seine gefesselten Hände, um anzuzeigen, dass er Bewegungsfreiheit brauchte. Lee benutzte eine App auf seinem Handy, um die elektromagnetische Anziehung der Handschellen zu verringern, sodass Charles seine Arme strecken konnte.

»Ah, viel besser.« Charles tippte ein langes Passwort ein, eine Kombination aus Zahlen, Klein- und Großbuchstaben und Sonderzeichen. Er drückte auf Enter und es erschien die Meldung:

PASSWORT UNGÜLTIG

Charles zuckte mit den Schultern. »Ich habe Sie gewarnt. Sobald der Alarm ausgelöst wird, werden alle Top-Level-Passwörter sofort deaktiviert. Es wird *Tage* dauern, neue einzurichten.«

Lee betrachtete den Bildschirm. Der Eintrag EISENFAUST war sichtbar, aber auf den Inhalt der Datei konnte er nicht zugreifen.

Charles sah ihm über die Schulter. »Das ist es, was der Collector haben will?«

Bevor Lee etwas erwidern konnte, kam einer der Söldner herein und machte ein verlegenes Gesicht. »Wir haben ein kleines Problem.«

»Ihr könnt die Kinder nicht finden?«

»Wir *hatten* sie gefunden. Aber sie sind entkommen. Wir haben drei Männer verloren und Kwolek ist bewusstlos.«

»Diese Kinder haben drei von euch erledigt?«, fragte Lee fassungslos.

»Sie haben sich in der Gelben Zone versteckt und die Dinge sind einfach ... aus dem Ruder gelaufen. Der Rest des Teams hat den Bereich abgesucht und macht jetzt in der Blauen Zone weiter.«

Lee hob den Arm und wollte nach seiner Uhr greifen, doch ein Gedanke ließ ihn zögern.

»Was wird Ihr Boss wohl davon halten, wenn er hört, dass Sie von ein paar Kindern ausgetrickst wurden?«, fragte Charles so herablassend, wie er nur konnte.

Lee ließ den Arm sinken. »Schick ein paar Männer los, die das Inventory nach den Gören absuchen. Ihr wisst, wo sie stecken, also sollte das nicht zu schwierig sein.«

»Ja, Sir.« Der Söldner nickte und verzog sich hastig.

Lee deutete auf die Monitore. »Wenn Sie Kameras in den

wichtigsten Zonen hätten, wäre das Ganze viel leichter für mich.«

Charles zuckte mit den Schultern. »Warum sollte ich das wollen?«

Lee schüttelte den Kopf und konzentrierte sich wieder auf den Laptop. Auf dem Bildschirm reihte sich Zeile um Zeile eines eng geschriebenen Codes aneinander, den er überflog.

»Ich verstehe wirklich nicht, warum er will, dass Sie am Leben bleiben«, murmelte Lee.

Falls Charles etwas dazu sagte, bekam Lee es nicht mit – er hatte etwas in dem Code entdeckt. »Heilige Shift-Taste ... was haben wir denn hier?«

Er drehte den Bildschirm, damit Charles ihn ebenfalls sehen konnte. »Das ist tief in Eemas Sicherheits-Algorithmus versteckt.« Er markierte einen Abschnitt des Codes. Es dauerte einen Moment, bis ihm klar wurde, dass Charles keine Ahnung hatte, was er sich da ansah. »Das sollte nicht da sein. Das ist eine Schadsoftware – ein Trojaner. Sie wissen schon, so etwas wie ein Computervirus.«

»Das ist unmöglich!«, beteuerte Charles sofort. »Diese Systeme sind von der Außenwelt abgeschirmt und laufen auf einem *komplett neuartigen* Computercode. Sie sind immun gegen Viren, Würmer und Trojaner.«

»Und trotzdem ist einer da«, konterte Lee grinsend. »Direkt vor Ihrer Nase. Und er ist echt clever. Er befiehlt den Kameras, die drei Bilder zu ignorieren, die in diesem Trojaner stecken. Ich kann sie nicht öffnen, aber ich wette, dass es Fotos der drei sind, die sie mit dem Handy aufgenommen haben. Sobald sie von einer Kamera erfasst werden, löscht sie der Trojaner sofort aus der Aufnahme. Deswegen konnten wir sie nicht sehen, als ich die Überwachungsbilder aus der Kantine aufgerufen habe. Das ist genial! Es bedeutet, dass sie genau jetzt vor einer Kamera stehen können und wir sie trotzdem nicht sehen würden.«

»Devon!«, sagte Charles und schüttelte den Kopf. »Ich habe nie herausgefunden, wie er Eema ausgetrickst hat, um sich auf der Anlage herumzutreiben.«

»Ihr Junge ist ein Computergenie«, stellte Lee ehrlich beeindruckt fest. »Er übertrifft sogar Eemas künstliche Intelligenz.«

»Er ist nicht *mein Junge«,* entgegnete Charles halblaut. Einen Moment lang nahm er den Blick vom Bildschirm und seine Gedanken schienen auf Wanderschaft zu gehen. Als er merkte, dass Lee ihn neugierig musterte, kehrte er in die Gegenwart zurück. Er streckte die Arme, um die Blutzirkulation wieder anzuregen. »Drei Kinder haben nicht nur Ihre Leute an der Nase herumgeführt, sondern auch Sie. Das ist schon ein bisschen peinlich.«

Lee drückte eine Taste auf seinem Handy. Die Magnet-Handschellen klickten und pressten Charles' Hände schmerzhaft zusammen.

Er rutschte tiefer in den Stuhl. »Verlassen Sie sich bloß nicht darauf, dass sich Devon nur irgendwo versteckt und hofft, dass Sie ihn nicht finden. Inzwischen weiß er sicher, dass Sie es auf die Eisenfaust abgesehen haben.« Charles genoss Lees besorgten Gesichtsausdruck. »Er wird alles daransetzen, Sie aufzuhalten. Und er ist Ihnen mehr als einen Schritt voraus ...«

EIN FURCHTBARER PLAN

»Und was ist der Plan?«, flüsterte Lot.

»Wir verstecken uns.« Dev bemühte sich, so gelassen wie möglich zu klingen. »Und wir müssen weg von diesen Typen. Was immer die suchen, ich will es nicht wissen.«

Auf dem Weg durch das Riesenregal nach unten waren sie um einen Hubschrauber nach dem anderen geklettert. Die Prototypen waren so groß, dass sie kaum in die Lagereinheiten passten, obwohl ihre Rotoren mit massiven Drahtseilen zusammengezurrt waren. Jeder Helikopter war ein wenig anders – größere Kabinen, gedrehte Rotoren oder schwere Bewaffnung. Oft war kaum genug Platz, um sich zwischen ihnen durchzuquetschen, und die drei mussten aufpassen, wohin sie traten. Dev konnte Höhen nicht leiden und jedes Mal, wenn er nach unten schaute, fing sein Puls an zu rasen und seine Hände wurden schweißnass.

Als sie etwa den halben Weg hinter sich hatten, kamen sie an eine steile Leiter, die am Regal festgeschraubt war. Dev fand das noch Furcht einflößender. Es war eine einfache Leiter ohne Sicherungskäfig, der verhindern würde, dass sie in den Tod stürzten. Bisher hatte er im Inventory die oberen Etagen der Regale immer gemieden. Er war ein oder zwei Mal mit seinem Onkel in dieser Höhe gewesen. Sie hatten dazu einen Hublift benutzt, doch selbst in dem relativ sicheren Korb hatte er Todesangst empfunden.

Und diese Leiter war der einzige Weg nach unten.

Als sie die dritte Etage erreicht hatten, musste sich Dev erst einmal hinsetzen, weil seine Knie so sehr zitterten. Hier standen Drohnen und noch mehr Hubschrauber, die jedoch keine Rotoren hatten. Bei manchen befanden sich große Drehflügel an den Seiten. Andere hatten neuartige Antriebe aus feinem Drahtgeflecht.

»Die sind unglaublich«, stellte Lot fasziniert fest. Sie berührte einen der Hubschrauber. Durch ihren Vater war sie mit Fluggeräten vertraut, aber so etwas wie diese Helikopter hatte sie noch nie gesehen.

»Ich wünschte, wir könnten einfach einen davon nehmen und von hier wegfliegen«, sagte Dev und schloss die Augen in der Hoffnung, seine Panik in Schach zu halten.

»Ich könnte ihn wahrscheinlich fliegen«, bemerkte Lot. Es wunderte Dev kein bisschen, dass sie es offenbar ernst meinte. »Mein Dad hat mir ein paar Unterrichtsstunden im Trainings-Heli gegeben. Es ist ziemlich einfach ... also, nach einer Weile jedenfalls.«

Mason schnaubte. »Gibt es auch etwas, das du nicht kannst?«

Lot machte ein nachdenkliches Gesicht. »Mein Vater sagt immer, dass es nichts gibt, das man nicht kann, wenn man sich richtig Mühe gibt. Sein Lieblingsspruch ist: ›Lot, du bist ein Überflieger.‹« Sie lächelte, doch ihr Lächeln verschwand schnell wieder. Sie hoffte, so lange am Leben zu bleiben, dass sie ihn wiedersah.

»Wir werden nichts überfliegen. Wir gehen in Deckung und verhalten uns ruhig«, sagte Dev.

»Und wer wird kommen und uns retten?«, fragte Mason. Seit der Flucht auf dem OmniBoard war er missmutig und still. Dev merkte natürlich, dass er Angst hatte, brachte es aber nicht übers Herz, ihn deswegen aufzuziehen. Ob es ihm gefiel oder nicht, er musste sich mit seinem Erzfeind arrangieren.

»Was ist mit deinem Onkel?«, wollte Lot wissen.

Dev verspürte einen Anflug von schlechtem Gewissen, weil er nicht einmal versucht hatte, sich zu vergewissern, dass sein Onkel in Sicherheit war. Aber schließlich war *er* es gewesen, der sie in der Kantine eingesperrt hatte. Er war sicher, dass Charles durchaus in der Lage war, auf sich selbst aufzupassen.

Das entfernte Brummen eines Motors erregte ihre Aufmerksamkeit, aber von ihrem Standort aus konnten sie nichts sehen. Lot und Mason blickten Dev erwartungsvoll an und er stellte eher unwillig fest, dass sie ihn als ihren Anführer betrachteten.

Er holte tief Luft, ignorierte seine weichen Knie und stieg noch ein paar Leitersprossen hinunter, um sich einen besseren Überblick zu verschaffen. Zwischen den Gängen am Boden des Lagers bewegte sich etwas.

»Es ist ein Panzer«, flüsterte er.

»Ein Panzer?«, wiederholte Lot. »Wollen die damit auf uns schießen?« Das schwere Gerät fuhr tiefer in das Gewirr der Gänge hinein. Dev konnte das Modell nicht erkennen, aber im Inventory lagerten Dutzende von ihnen. »Ich wette, die wollen ihn benutzen, um in die nächste Zone durchzubrechen. Das ist kein normaler Raubzug; die Typen interessieren sich nicht für das ganze Zeug, das hier liegt. Die haben es auf etwas Bestimmtes abgesehen.«

»Eisenfaust«, sagte Mason unerwartet. »Darüber haben die beiden Kerle im Korridor gesprochen. Was ist das?«

Dev schüttelte den Kopf. »Ich habe noch nie davon gehört. Aber ehrlich gesagt habe ich keine Ahnung, was hier alles herumsteht. Ich glaube, das weiß nicht einmal mein Onkel. Das Inventory gibt es schon *sehr* lange.«

»Wie lange?«, fragte Lot.

»Wenn ich mich nicht irre, haben Präsident Washington und Premierminister Pitt der Jüngere das Welt-Konsortium gegründet und das ist ... lange her.« Devs Geschichtskenntnisse waren eher dürftig und jetzt ärgerte es ihn, dass er im Unterricht nicht besser aufgepasst hatte. Vielleicht war Geschichte doch nicht ganz so nutzlos. »Aber was immer diese Eisenfaust ist, sie werden Schwierigkeiten haben, sie in die Finger zu bekommen.«

»Und was, wenn sie es schaffen?«

»Werden sie nicht.«

Lot verschränkte die Arme und musterte ihn streng. »Und wenn doch? Immerhin haben die einen Panzer. Sprechen wir hier von irgendwelchem Weltuntergangskram oder so?«

Dev wollte darüber lachen, aber er brachte es nicht fertig, ihr etwas vorzumachen. Er wusste genau, wie gefährlich einige der Dinge hier waren. Es war nicht ausgeschlossen, dass irgendwo tief im Inventory eine Maschine verborgen war, die den Weltuntergang herbeiführen konnte. Je mehr er darüber nachdachte, desto überzeugter war er, dass es ebenso gut Dutzende solcher Apparate geben konnte. Schließlich war es der Sinn des Inventorys, dafür zu sorgen, dass niemand etwas derart Gefährliches in die Hände bekam.

Er zuckte mit den Schultern. Mason machte ein nachdenkliches Gesicht. »Wie groß ist diese Sammlung eigentlich?«

Dev öffnete eine App auf seiner Uhr und das Hologramm erschien über seinem Arm. Er zeichnete drei miteinander verbundene Kreise ein, die aussahen wie die obere Hälfte der olympischen Ringe.

»Also, das hier sind die Hauptkorridore. Es gibt Schlafsäle, die Kantine, Materiallager, Werkstätten und Wartungsbereiche. Ursprünglich war die Anlage für ein paar Hundert Mitarbeiter ausgelegt, aber jetzt gibt es nur noch uns beide. Und Eema.«

»Eure tolle Security hat uns echt geholfen«, stichelte Lot. »Eema ist nichts Besseres eingefallen, als uns in einen Raum zu sperren. Und es war kinderleicht, da rauszukommen, was wir nur Mase zu verdanken haben.« Bei dem Kompliment errötete Mason.

Dev sagte nichts dazu. Es beunruhigte ihn schon eine ganze Weile, dass Eema nicht funktionierte. Er zeichnete am unteren Rand der Kreise ein großes Viereck ein. »Das ist die Gelbe Zone, in der wir uns gerade befinden. Sie ist durch das Dach zugänglich.« Er zeigte auf eine gigantische geschlossene Schiebetür in der Decke über ihnen, ähnlich wie ein Gleitdach in Sportstadien, nur viel größer. »Es gibt mehrere davon. Und diese Plattformen können zur Einlagerung von Fahrzeugen hochgefahren und wieder abgesenkt werden.«

Erst da begriff Lot, dass es sich bei der mehrstöckigen Halle, in die sie hinabstiegen, tatsächlich um einen riesigen Fahrstuhl handelte, der bis an die Oberfläche fahren konnte. Im Moment war er ganz unten, wie ein Lift, der im Kellergeschoss festsaß.

»Wieso schalten wir nicht einfach den Fahrstuhl ein und fahren nach oben?«, fragte Mason.

»Weil es Stunden dauert, bis an die Decke zu kommen. Bis es so weit ist, können diese bewaffneten Typen in aller Ruhe Kaffee trinken, sich die Haare schneiden lassen und haben danach immer noch genug Zeit, um uns in aller Ruhe zu schnappen.« Er tippte auf einen kleinen Punkt auf einem der ringförmigen Korridore.

Dann fügte er zwei weitere Vierecke neben der Gelben Zone hinzu. »Hinter der nächsten Tür liegt die Blaue Zone. Deutlich höherer Sicherheitsstandard. Ich war selbst erst wenige Male dort. Dahinter – ehrlich gesagt, habe ich keine Ahnung, wie viele Lager es dort gibt und wie sie angeordnet sind. Ich weiß, dass die Rote Zone irgendwo in diesem Bereich liegen muss. Aber dort ist mir der Zutritt verboten.«

»Wieso?«, fragte Lot.

»Mein Onkel hat immer gesagt, dass dieser Sicherheitsbereich nur für Eingeweihte ist.«

Lot lächelte. »Lass mich raten. Du wurdest nicht *eingeweiht?«* Sie sah Dev in die Augen und erkannte, dass dies offenbar ein wunder Punkt bei ihm war, denn plötzlich wirkte sie viel freundlicher. »Es muss ziemlich einsam sein, hier aufzuwachsen.«

Dev nickte. Er war nicht daran gewöhnt, jemanden zum Reden zu haben. Um Dampf abzulassen, schrie er gewöhnlich Eema an, doch er wusste nie, ob die körperlose künstliche Intelligenz ihm überhaupt zuhörte.

»Warum lassen wir uns nicht von deinem Computer helfen?«, fragte Mason und zeigte auf Devs Uhr.

Dev warf ihm einen gereizten Blick zu. »Weil Eema nicht antwortet, du Genie. Ich wette, die haben das W-LAN blockiert.«

»Aber du hast doch unsere Fotos auf diesen Trojaner hochgeladen«, erinnerte ihn Lot. »Da hattest du Zugriff auf das System.«

»Aber nur, weil die Typen ihren Laptop direkt ans Netz angeschlossen hatten.«

Lot grinste. »Warum machen wir nicht dasselbe?« Sie zeigte auf die Decke, die weitere vier Stockwerke über ihnen lag. Dort oben gab es ein schmales und wacklig aussehendes Metallgitter, auf dem man laufen konnte. Es wurde nur benutzt, wenn die Klimaanlage gewartet oder irgendwelche Kabel repariert werden mussten, die sich durch das ganze Lager zogen. »Ich sehe da oben massenhaft Leitungen«, sagte sie.

Dev schöpfte neue Hoffnung, doch sie verpuffte gleich wieder. »Da kommen wir nie rauf. Wenn wir die Leitern an den Wänden hochklettern, würden uns die Kerle sofort sehen.«

»Wir brauchen keine *Leitern«*, sagte Lot und tippte ihm mit einem Finger gegen die Stirn. »Wir brauchen nur Fantasie.«

»Klar. Wir bauen den Motor eines Hubschraubers aus und fliegen damit nach oben.« Dev lachte.

Doch damit hörte er auf, als er Lots Gesicht sah. Es war ihr ernst.

RAFFINIERTE TÜREN

Der Söldner betrachtete das Tor, vor dem er stand. Es war doppelt so groß wie die Tür, die sie eingefroren und zerschlagen hatten, um in die Gelbe Zone zu gelangen. Er streckte die Hand aus und wollte die kobaltblaue Oberfläche berühren, aber Fermi riss ihn zurück.

»Fass sie nicht an«, warnte sie. »Diese Türen sind aus einem speziellen Material. Das Sicherheitssystem ist lernfähig und weiß, dass wir die letzte Tür eingefroren und aufgebrochen haben und deshalb ...«

Sie nahm die Wasserflasche, die sie am Gürtel trug, und bespritzte damit die Tür. Das Wasser gefror sofort, als es das Metall berührte. Der gesamte Strahl wurde zu Eis bis in den Flaschenhals. Fermi zog die Flasche weg, bevor der ganze Inhalt einfrieren konnte.

»Ich hätte meine Finger verloren!«, stellte der Söldner erschrocken fest.

»Mindestens. Das System erlaubt uns nicht, denselben Trick noch einmal anzuwenden.«

»Wenn das Metall eiskalt ist, können wir es doch aufbrechen.«

Fermi schüttelte den Kopf. »Geht nicht. Es ist zwar kalt, aber nicht spröde. Wir brauchen etwas, das mehr Wumms hat.«

Sie schaute sich zu dem Panzer um, der langsam heranrollte.

AUFWÄRTS

»Das ist eine bekloppte Idee«, sagte Dev zum fünften Mal.

»Finde ich auch«, bestätigte Mason, der ziemlich nervös wirkte.

»Hört auf zu jammern und helft mir lieber«, verlangte Lot und trat auf das Ende des großen Schraubenschlüssels, mit dem sie die letzte Mutter an der Befestigung des Motors lösen wollte.

Sie hatten eine Menge Werkzeug gebraucht, um so weit zu kommen. Zum Glück stand in jedem Regal des Lagers ein Werkzeugkasten. Als die letzte Schraube endlich gelöst war, hoben die drei die Turbine vom Flügel des Fluggeräts. Lot hätte gern versucht, das ganze Ding zu fliegen, aber Dev hatte sie auf einen roten Aufkleber auf dem anderen Motor hingewiesen. Er besagte, dass das zweite Aggregat defekt war.

Der Antrieb, den sie ausgebaut hatten, war ringförmig, etwa so groß wie ein Kaffeetisch und erstaunlich leicht. Dev hatte eine kleine zweisitzige Maschine ausgewählt, weil er wusste, dass sie zur Modellreihe der lautlosen Fluggeräte gehörte. Die Motoren bestanden aus einem Drahtgeflecht in einem runden Rahmen und nicht aus lärmenden beweglichen Teilen. Starkstrom floss hindurch und irgendeine unerklärliche physikalische Reaktion sorgte dafür, dass die ionisierte Luft den Ring anhob. Die Technologie war billig und funktionierte super, aber um sie zu benutzen, hätten die Wissenschaftler physikalische Grundregeln neu schreiben müssen, und deshalb war sie im Inventory gelandet.

»Woher weißt du das alles?«, fragte Lot. Sie hatte mit ihrem Vater viel Zeit auf Militärstützpunkten verbracht, aber so etwas hatte sie noch nie gesehen.

»IonoCrafts sind toll«, sagte Dev. »Ich habe schon häufig welche aus Ersatzteilen zusammengeschraubt. Thomas Townsend Brown hat sie in den 1920er-Jahren erfunden und ...« Erst jetzt bemerkte er die entgeisterten Blicke der beiden. »Ist eigentlich egal. Könnt ihr im Internet nachlesen.«

Sie legten den Iono-Antrieb an eine freie Stelle. »Wir werden uns hier festhalten«, sagte Dev und zeigte auf den Außenrand des Rings, mit dem er im Flieger festgeschraubt gewesen war und der ihnen jetzt einen praktischen Griff bot.

Als Nächstes holte er Batterien aus dem Flugzeug, die kaum größer waren als ein Smartphone, und verband sie mit Drähten, die er aus dem Cockpit herausgerissen hatte. Er schloss die Augen und strich mit der Hand über den Antrieb, als suche er etwas. »Alles grün und glatt«, murmelte er zusammenhanglos. Als er die Augen wieder öffnete, musste er feststellen, dass Lot ihn anstarrte.

»Du bist schon wieder merkwürdig«, warnte sie ihn.

»Ich versuche nur rauszufinden, wie das Ding funktioniert.«

»Du weißt aber, dass dich das noch merkwürdiger macht, oder?«

Dev hatte keine Zeit für Erklärungen. Er steckte Lot eine der Batterien in die Tasche und verband die Drähte mit einem Anschluss am Ring. Dasselbe wiederholte er bei Mason und sich selbst, allerdings schloss er seine Drähte noch nicht an. »Wir haben genug Saft, um abzuheben«, erklärte Dev, »wir werden nach oben schweben wie ein Heliumballon. Wir halten uns am Ring fest, schwingen den Körper in die gewünschte Richtung und der Antrieb wird dorthin fliegen. Alles klar?«

Die beiden nickten zögernd; Mason wirkte noch unglücklicher als Lot. »Wenn es hier so viel modernes Zeug gibt, wo sind dann die Jetpacks?«, fragte er bockig.

»In einer stärker gesicherten Zone«, antwortete Dev. »Du weißt doch, dass sich der Held in einem Film gleich zu Anfang die tollsten Dinge schnappt und dann in jeder Situation die richtige Technologie zur Hand hat?« Mason nickte. »Das ist hier *ganz anders*. Es ist das *wirkliche* Leben. Wir müssen uns mit dem behelfen, was wir haben – und genau das tun wir.«

Sie knieten sich in gleichmäßigem Abstand auf den Boden und griffen nach dem Befestigungsring des Iono-Antriebs. Dev verband seine Batterie mit dem Anschluss. »Es geht los.«

Die Luft brodelte leise und die Haare auf Devs Armen richteten sich auf, als der Strom in den Antrieb floss.

Dann hob sich der Ring. Ihre Bewegungen reichten aus, um ihn aus der Lagereinheit zu steuern, und dann schwebten sie nach oben auf das Regal zu.

»Oh nein, oh nein, oh nein …«, murmelte Mason, als seine Füße den festen Halt auf dem Regal verloren.

Auch Dev fühlte, wie seine Füße abhoben, doch er schaute nicht nach unten. Er sah Lot an, die wie eine Verrückte grinste.

»Das ist genial!«, kreischte sie, doch dann senkte sie hastig die Stimme, falls man sie hörte. »Ich finde das total abgefahren!«

Nachdem sie sich vom Regalfach gelöst hatten, schwebten sie lautlos nach oben. Die Geschwindigkeit war kaum mehr als Schritttempo und Dev taten allmählich die Arme weh. Wieso war er nicht auf die Idee gekommen, sich mit dem Gürtel am Ring festzubinden? Wenn seine Arme jetzt nachgaben, würde er in den Tod stürzen. Vielleicht hätte er Lot und Mason dasselbe vorschlagen sollen. Er richtete den Blick starr auf ihr Ziel hoch oben und versuchte, nicht daran zu denken, was unter ihm lag.

Sie stiegen immer höher. Der sanfte und lautlose Flug vermittelte ein Gefühl der Sicherheit und Dev konnte das tödliche Nichts unter seinen Füßen beinahe ausblenden. Aus dem Augenwinkel sah er, dass sie nicht nur den Fahrstuhlschacht, sondern auch die Hochregale der Flugzeughalle hinter sich gelassen hatten. Mit einem Anflug von Panik stellte er fest, dass sie sich mindestens acht Stockwerke über der Erde befanden ...

Und sie stiegen immer noch.

Zusehen zu müssen, wie unendlich langsam sie sich dem schmalen Gitter näherten, war eine Qual, und es wurde immer schwieriger, die Schmerzen in den Armen zu ignorieren. Das Metallgitter war fast in Reichweite. Noch zwanzig Sekunden und sie hätten es erreicht.

Doch dann ertönte ein leises Piepen. Sie schauten sich um und versuchten herauszufinden, woher das Geräusch kam.

»Mase, bei dir piept's«, stellte Lot fest, die das Piepen zu Masons Hosentasche zurückverfolgt hatte. »In deiner Tasche blinkt was ... es ist die Batterie.«

»Oh nein ...« Devs Arme wurden ganz schwach, als ihm klar wurde, was los war. »Die Batterie ist leer. Die Dinger waren jahrzehntelang eingelagert ... wir hätten sie vorher aufladen sollen!«

Lot sah Dev fassungslos an. »Willst du damit etwa sagen ...« Sie verstummte, als der Iono-Antrieb langsamer wurde.

Dev machte den Fehler, nach unten zu sehen. Seine Turnschuhe baumelten in der Luft und *sehr weit* unter ihnen befanden sich die Regalschluchten, die aus dieser Höhe aussahen wie Straßen einer Großstadt.

Seine Kräfte schwanden. Die Finger drohten abzurutschen und es kam ihm vor, als zerrte die Schwerkraft an ihm, fest entschlossen, ihn vom Himmel zu holen.

Und dann blieb der Iono-Antrieb stehen. Sie hingen in der Luft, knapp außer Reichweite des rettenden Wartungsgangs.

ANTRIEBSLOS

Hektisch griff Dev mit einer Hand nach dem Geländer. Er bekam es nicht zu fassen. Der Arm, mit dem er sich an den Befestigungsring klammerte, zitterte vor Anstrengung. »Versucht, Schwung zu holen«, rief er und bemühte sich, seine Panik im Zaum zu halten.

Alle drei schwangen ihre Beine, um den Ring dichter an das Geländer zu befördern. Mason war der Schwerste, und als sein Körper auf der abgewandten Seite des Rings in Bewegung geriet, begann der Iono-Antrieb noch weiter davonzudriften.

»AUFHÖREN!«, schrie Dev.

Mason erstarrte und der Ring stand erneut reglos in der Luft. Dev versuchte noch einmal, das Geländer zu erreichen, aber es war hoffnungslos.

PIIIIEP.

Jetzt hatte sich auch seine Batterie in den tödlichen Chor eingereiht.

»Wenn die Batterien leer sind, schweben wir abwärts, stimmt's? Wie eine Feder?«, fragte Lot so zuversichtlich, wie sie nur konnte.

Dev bewunderte sie dafür, dass sie selbst im Angesicht des sicheren Todes nicht die Hoffnung aufgab. »Nein. Wir werden fallen wie ein Stein«, sagte er. »Das ist eine der Sicherheitsvorkehrungen bei den IonoCrafts.«

»Garantierter Tod?«, sagte Mason. »Tolle Sicherheitsvorkehrung. Danke, Kumpel, dass du uns umbringst.«

»Ich war nie dein ›Kumpel‹«, knurrte Dev und griff hastig mit der zweiten Hand nach dem Ring, um den schmerzenden Arm zu entlasten. Was sollte er jetzt tun? Sein Onkel hatte ihn gelehrt, Probleme aus verschiedenen Blickwinkeln zu betrachten. *Tritt einen Schritt zurück und verschaff dir einen Überblick,* sagte Charles oft. Natürlich war das eher schwierig, angesichts der Tatsache, dass er in der Luft hing, aber Dev konnte zumindest im Geiste einen Schritt zurücktreten. Er versuchte, die Angst zu verdrängen, die sein Urteilsvermögen lähmte.

Der Wartungsgang befand sich auf ihrer Höhe, allerdings außer Reichweite. Er musste das Problem von oben lösen. Buchstäblich.

Mit einem angestrengten Schnaufen schwang er sich auf den Ring. Klimmzüge waren noch nie seine Stärke gewesen, aber mit so viel Adrenalin im Blut fiel es ihm leicht. Noch vor einem Moment hatte er Höhenangst gehabt. Aber jetzt konzentrierte er sich nur noch auf das Problem und alles andere war vergessen. Er fragte sich, ob das womöglich eine weitere Nebenwirkung seiner *besonderen Fähigkeiten* war.

Der Iono-Antrieb wackelte bedrohlich, als er sich daran hochzog. Der Ring hatte etwa den Durchmesser eines Hula-Hoop-Reifens und war nur ein paar Zentimeter breit – trotzdem reichte es, um einen Fuß daraufzustellen.

»Was machst du da?«, fragte Lot, deren Stimme vor Angst ganz schrill klang.

Dev antwortete nicht. Er musste voll konzentriert bleiben, weil er nur so seine Höhenangst ausblenden konnte. Eine Krise nach der anderen, sagte er sich.

Er zog den zweiten Fuß nach und richtete sich langsam auf, die Arme seitlich ausgestreckt, um das Gleichgewicht zu halten. Jetzt stand er auf dem Antrieb und balancierte wie ein Hochseilartist auf dem schmalen Ring. Dort bewegte er sich so leichtfüßig, als hätte er schon sein ganzes Leben lang die verrücktesten Dinge getan. Er achtete jedoch darauf, nicht auf das Drahtgeflecht im Innern des Rings zu treten – es war zum einen so fragil, dass es bei der leichtesten Berührung reißen würde, zum anderen flossen auch viele Tausend Volt hindurch. Wenn er es berührte, würde er gegrillt werden.

»Schnell!«, drängte Lot, denn der Ring wackelte bedrohlich.

Dev nahm all seinen Mut zusammen – und sprang auf das Wartungsgitter.

Er landete mit dem Bauch auf dem Geländer. Dort hing er und versuchte sich festzuklammern, während seine Füße keinen Halt fanden und ihn nach unten zogen.

Seine Arme schmerzten. Mit letzter Kraft hievte er sich auf den halbwegs sicheren Wartungsgang.

Er hatte nicht bedacht, dass der Draht, der die Batterie in seiner Tasche mit dem Ring verband, jetzt straff gespannt war. Der Draht riss aus dem Anschluss und damit war die Verbindung unterbrochen.

Der plötzliche Energieverlust brachte den Iono-Antrieb ins Wanken und Lot und Mason fingen an zu schreien.

Doch zum Glück blieben sie ohne Devs Gewicht an derselben Stelle stehen.

»Ich ziehe euch rüber!«, rief Dev. »Fang!«

Er warf Lot seine Batterie zu und behielt den Draht in der Hand. Aber Lot klammerte sich mit beiden Händen am Ring fest und versuchte nicht einmal, die Batterie zu fangen, die sie an der linken Wange traf.

»AU!«, schrie sie auf.

»Ich sagte ›fang‹!« Dev holte den Draht wieder ein und warf die Batterie noch einmal hinüber. Diesmal schnappte Mason danach. »Nicht loslassen!«

Dev zog am Draht. Da der Iono-Antrieb sie schweben ließ, war es ganz leicht, sie heranzuziehen. Langsam, aber sicher näherten sie sich dem Gang.

»Es funktioniert!«, rief Lot.

Plötzlich verstummte der Piepton von Masons Batterie und ein Rucken ging durch den Antrieb, als er diese Energiequelle verlor. Lot und Mason wussten sofort, was zu tun war – beide machten einen beherzten Hechtsprung auf den Gang.

Und dann stürzte der Antrieb ab.

Mason landete genauso hart wie Dev nur Momente zuvor – und im ersten Augenblick sah es so aus, als würde er vom Geländer abprallen. Dev packte seinen Arm und brachte ihn in Sicherheit. Im selben Moment, als der Draht riss, flog die Batterie aus Masons Hosentasche.

Lot war ein paar Meter von ihnen entfernt. Sie hatte ein Bein über das Geländer geschwungen, als auch ihre Batterie den Geist aufgab.

»Das war knapp!«, schnaufte sie.

Nur Dev erkannte, in welcher Gefahr sie immer noch

schwebte. Er raste auf sie zu, während der Iono-Antrieb abstürzte. Der Draht von Lots Batterie hatte sich beim Absprung um ihr Bein gewickelt. Die Batterie steckte immer noch in einer Tasche ihrer Cargohose und das andere Ende des Drahts in der Anschlussbuchse des Antriebs.

Der abstürzende Motor zog den Draht stramm und riss Lot vom Geländer.

Lot schrie vor Angst. Doch dann wurde sie von Dev gepackt. Der plötzliche Ruck löste den Draht vom Ring des Antriebs und der Motor stürzte zu Boden.

Lot klammerte sich an Dev; sie war ganz außer Atem. Er konnte spüren, wie sie zitterte. »Alles okay«, sagte er. »Du bist in Sicherheit.«

Durch den Gitterboden des Wartungsgangs konnten sie sehen, wie der Iono-Antrieb mit ohrenbetäubendem Getöse auf ein Hochregal knallte. Er zersprang in viele Teile, die auf den Gang zwischen den Regalen prasselten.

Langsam befreite sich Lot aus Devs Armen. Sie konnte ihm nicht in die Augen sehen. »Was für ein Spaß«, sagte sie gespielt heiter.

Sie sahen sich in ihrer neuen Umgebung um. Der Wartungsgang verlief in beide Richtungen rund um das Lager. Er war mit Metallstreben an der Decke befestigt, die kaum stabil genug aussahen, um das eigene Gewicht zu tragen. An manchen Stellen verzweigten sich mehrere der Wartungsgänge. In der ganzen Halle gab es ein richtiges Netzwerk von ihnen. Von ihrem Aussichtspunkt konnten die drei die Wände des Lagers sehen, doch unten war kaum etwas zu erkennen, denn dort versperrte ihnen der Regalwald die Sicht. Über ihnen verliefen die Schachte der Klimaanlage und dicke Rohre, in denen Kabelstränge verlegt waren.

Außerdem waren hier riesige Scheinwerfer angebracht, die die Halle beleuchteten.

Dann entdeckte Dev, was sie gesucht hatten. Einen Schaltkasten neben einem dicken Kabelbündel.

»Das ist das Relais für das Computersystem«, sagte er und löste die Abdeckung. Dahinter befand sich ein kompliziertes Gewirr aus Drähten und Anschlüssen. Das drahtlose Netzwerk des Inventorys war lahmgelegt worden und er konnte auf keinen Fall riskieren, sich mit seiner Uhr direkt ins Netz einzuloggen. Aber Dev hatte noch ein Ass im Ärmel.

»SNFK – Super-Nah-Feld-Kommunikation«, sagte er, denn die beiden anderen schauten ihm über die Schulter und hatten offensichtlich keine Ahnung, was er da tat. »Wie die Chips in Kreditkarten, mit denen man bezahlen kann, wenn man sie vor das Lesegerät hält. Nur etwas fortschrittlicher.«

Mason lachte: »Du bist echt voll der Nerd.«

»Ein Nerd, der dir gerade das Leben gerettet hat«, knurrte Dev. »Du solltest gar nicht hier sein, schon vergessen? Du hättest das alles niemals sehen dürfen!«

Er ging auf Mason zu und schubste ihn so heftig, dass Mason zurücktaumelte. Dabei prallte er mit solcher Wucht gegen das Geländer, dass die gesamte Konstruktion ins Wanken geriet.

»Dev, nicht …«, begann Lot.

Dev war zu wütend, um zuzuhören. »Ich weiß echt nicht, wieso du eigentlich hier bist. Ich hätte dich bei diesen Typen zurücklassen sollen.« Dev hatte keine Ahnung, woher diese Wut kam, aber es fühlte sich gut an, seinen Gefühlen freien Lauf zu lassen. Er stieß Mason noch einmal gegen die Brust. »Du bist bloß nutzloser Ballast.«

Mason wurde blass und warf einen Blick über das Geländer in die Tiefe.

Dev spürte Lots Hand auf seinem Arm. »Ganz ruhig, Dev. Ob es dir gefällt oder nicht, wir sitzen alle zusammen in der Klemme. Und Mase ist keiner von *denen.*«

»Woher willst du das wissen? Bis jetzt ist noch nie jemand ins Inventory eingebrochen. Bis heute!« Dev sah sie streng an. »Und du verteidigst ihn immer. Typisch.« Jetzt war er nicht mehr nur auf Mason wütend, sondern auch auf sie. »Dann muss ich euch jetzt wohl beide babysitten.«

Er kochte vor Wut. Sein ganzes Leben lang war er der bekloppte Nerd gewesen, der von den coolen und beliebten Mitschülern wie Lot und Mason ignoriert wurde. Und jetzt erwarteten sie, dass er ihnen half? Das war total unfair.

Er drängte sich an Lot vorbei und konzentrierte sich auf den Schaltkasten. Er hielt seine Uhr etwa einen Millimeter vor einen kleinen Sensor. Nachdem er die Hacker-App aufgerufen hatte, für deren Programmierung er fast den ganzen letzten Sommer gebraucht hatte, konnte er das gekaperte Sicherheitssystem umgehen und seinen Trojaner aufrufen. Er hoffte nur, dass die Angreifer ihn nicht in ihrem Netzwerk entdeckten.

Massen von Daten wanderten über das holografische Display seiner Uhr. Er bewegte die andere Hand und mitten in der Luft erschien eine virtuelle Tastatur. Eilig tippte er eine Reihe von Codes. Die durchlaufenden Daten stoppten plötzlich und es blinkte ein altmodischer Cursor.

»Alles klar! Wir sind drin.« Er strahlte. »Bis jetzt haben sie es nicht geschafft, meinen Trojaner zu knacken.« Er runzelte die Stirn. »Aber hier ist noch etwas anderes …«

Ein dreidimensionales Hologramm von Eemas Emoji-Gesicht tauchte über seiner Uhr auf und schwebte vor seiner Nase. Doch statt wie üblich selbstzufrieden zu grinsen, sah Eema besorgt und verängstigt aus.

»Devon, ein Glück, es geht dir gut!«, stieß sie erleichtert aus. »Ich konnte dich auf meinem System nicht finden.«

»Das liegt daran, dass ich uns vor der Überwachung verborgen habe«, erklärte Dev. »Warte mal. Woher weiß ich, dass du ... *du* bist? Ich dachte, die Eindringlinge haben dich abgeschaltet.«

»Fast«, bestätigte Eema. »Sie haben meine zentralen Quanten-Treiber gelöscht. Wenn es mir nicht gelungen wäre, meine Künstliche-Intelligenz-Dateien in deinem Trojaner zu verstecken, hätten sie mich gefunden und komplett vernichtet.«

»Also habe ich auch dich gerettet.« Er warf Lot und Mason einen Blick zu.

Das gelbe Gesicht musterte ihn neugierig. »Wie hast du es geschafft, einen Trojaner in *meine* Software zu schmuggeln?« Eema schüttelte empört den Kopf. »Das ist abscheulich. Aber unser Glück, dass ich ihn gefunden habe. Meine Möglichkeiten, dir zu helfen, sind jedoch begrenzt. Solange die Sicherheitsprotokolle blockiert sind, kann ich meine körperliche Form nicht annehmen. Die kann nur dein Onkel wieder freigeben. Wenn du also einen Sicherheitsroboter siehst, wird er von *denen* kontrolliert. Du musst die Eisenfaust finden und dann das Inventory sofort verlassen.«

Dev zögerte. Die Eindringlinge hatten Zugriff auf Eema gehabt. Woher sollte er wissen, ob er dem Computer vertrauen konnte? Wer sagte ihm, dass sie nicht längst von den Verbrechern kontrolliert wurde?

»Noch nicht, Eema. Erst will ich wissen, wo mein Onkel ist.«

»Charles Parker ist unverletzt, wird aber gefangen gehalten. Sie benutzen ihn als menschliche Datenquelle, um das Sicherheitsprotokoll zu deaktivieren. Was natürlich nicht funktioniert. Sobald das Inventory abgeriegelt wird, kann nicht einmal ich auf das Sicherheitssystem zugreifen.«

»Wer sind diese Typen?«

»Soweit ich es sehen konnte, sind es Söldner von Double Helix.«

Dev schaute Lot und Mason an, weil er wissen wollte, ob ihnen dieser Name etwas sagte. Beide schüttelten den Kopf. »Wer oder was ist Double Helix?«

»Du bist nicht autorisiert, das zu wissen.«

Dev stöhnte. »Komm schon, Eema! Ich muss wissen, wer hinter uns her ist!«

»Meinen Nachforschungen zufolge wird diese spezielle Einheit vom Collector befehligt.« Eemas Gesicht verwandelte sich in das ihres Widersachers. »Er ist ein hochrangiges Mitglied der Shadow Helix.«

»Woher weiß der Collector von diesem Ort? Die Waffen, die diese Leute haben ... sehen aus, als sollten sie hier im Inventory lagern.«

»Du bist nicht autorisiert, das zu wissen.«

Allmählich wurde Dev sauer. »Die Kerle haben auch schon etwas erwähnt, das Eisenfaust heißt. Was ist das?«

»Du bist nicht autorisiert, das zu wissen.« Diesmal war es Mason, der Eemas Stimme nachahmte. Dev warf ihm einen eisigen Blick zu.

Das Bild des Collectors wurde durch eines ersetzt, das aussah wie ein Handschuh aus blauem Metall. Doch das Ding war nicht glatt, wie Dev es aus Comics kannte, sondern es hingen Drähte, Schläuche und Spiralkabel heraus. Das war ein eindeutiges Zeichen, dass es sich nur um ein technisches Experiment handelte und nicht um ein fertiges Produkt.

Während Dev das Bild drehte, fuhr Eema fort. »Das ist alles, was ich im Archiv des Inventorys gefunden habe. Die Eisenfaust ist noch unklassifiziert. Der Gegenstand wurde im letzten Jahr in der Altmetallkammer entdeckt und unsere Nachforschungen haben ergeben, dass es vermutlich eine Arbeit von Nikola Tesla ist.«

»Wow!«, sagte Dev.

»Tesla? Wie das Auto?«, fragte Lot.

Dev schüttelte den Kopf. »Nein, das hat Elon Musk erfunden.« Natürlich wollte Mason sofort wissen, wer dieser andere Tesla war, und so fuhr er hastig fort: »Nikola Tesla war einer der größten Erfinder der Welt. Er stammte aus Serbien, hat aber in den USA gelebt. Sein Spezialgebiet war die Elektrizität und er hat ein paar unglaubliche Dinge erfunden. Aber wie üblich war die Welt dafür noch nicht bereit.« Er schüttelte betrübt den Kopf. »Er starb vollkommen verarmt. Und in seinen letzten Lebensjahren war eine Taube sein bester Freund. Er hat sogar geglaubt, dass ihm Aliens Pläne ins Gehirn gepflanzt hatten.«

Mason tippte sich an die Stirn. »Total irre. Ich wette, deswegen stehst du auf ihn. Und weil er einen Haufen nutzlosen Müll erfunden hat.«

»Stimmt«, erwiderte Dev. »Natürlich hat er auch den Wechselstrom erfunden, den wir alle benutzen, die fluoreszierende Glühbirne, das Radio ...«

»Marconi hat das Radio erfunden«, widersprach Lot, stolz, dass sie es wusste.

Dev schüttelte den Kopf. »Nein. Lies es nach. Tesla hat auch die Fernbedienung erfunden – und den Elektromotor. Wie in den Autos.« Dev sah Mason von oben herab an. »Also, ja. Was für ein *Loser.*«

Er holte tief Luft und drehte sich zu Eema um, deren Emoji-Gesicht wieder aufgetaucht war. »Und wozu dient diese Eisenfaust?«

»Das weiß ich nicht«, antwortete Eema. »Aber es besteht kein Zweifel, dass der Collector sie unbedingt haben will. Unter den Wissenschaftlern, die zum Projekt Eisenfaust forschten, hat es mehrere Todesfälle gegeben. Nach Auswertung der Polizeiberichte habe ich eine sechsundachtzigprozentige Wahrscheinlichkeit errechnet, dass der Collector dahintersteckt. Die Eisenfaust lagert derzeit zur weiteren Analyse in der Roten Zone.«

»Das ist das Herzstück des Inventorys«, sagte Dev. »Da kommen die nie rein.«

Eema antwortete nicht sofort. Dev war nicht sicher, ob es eine dramatische Pause sein sollte oder ob es sogar einem Quantum-Computer schwerfiel, eine taktvolle Antwort zu geben. »Ich fürchte, dass die Wahrscheinlichkeit eines Eindringens in die Rote Zone sehr hoch ist. Sie werden Charles Parker dazu benutzen. Da ich weiß, wie der Collector vorgeht, ist das Leben deines Onkels in Gefahr.«

»Dann soll ich meinen Onkel vor ihnen retten? Ist das mein Auftrag?«

»Nein. Du musst die Eisenfaust an dich bringen, bevor sie es tun. Diese Erfindung kann katastrophale Schäden anrichten. Das Leben von Charles Parker ist bedeutungslos.

Wichtig ist nur, dass die Eisenfaust nicht in falsche Hände gerät.«

Devs Magen krampfte sich zusammen. Er war an Eemas emotionslose Bemerkungen gewöhnt, aber er fand es ziemlich abartig, dass irgendein im Inventory verstecktes *Ding* wichtiger sein sollte als ein Menschenleben.

Lot trat vor, damit Eema sie sehen konnte. »Soll das heißen, dass wir noch nicht hier rausdürfen?«

Das Emoji-Gesicht wandte sich ihr zu. »Nicht ohne die Eisenfaust. Wenn der Collector sie haben will, ist es von entscheidender Bedeutung, dass er sie nicht bekommt. Euer einziger Weg ist vorwärts.«

Mason meldete sich zu Wort. »Ich will aber nicht in diese unterirdische *Freakshow* mit reingezogen werden.«

Eema warf ihm einen Blick zu. »Wirst du auch nicht. In der Roten Zone gibt es einen Weg nach draußen. Ein Teleport-System, das der Evakuierung dient.«

»Ein Teleporter?« Davon hatte Dev noch nie gehört. »Aber Eema, wie sollen wir diesen Typen zuvorkommen? Wenn eine Gruppe schwer bewaffneter Söldner auf dem Weg in die gesicherten Zonen ist, haben wir keine Chance!«

»Das glaube ich doch, Devon. All die Zeit, die du mit deinem Onkel hier unten verbracht hast. Mit deinem Wissen ... Devon, dafür wurdest du gezüchtet.«

»Ich bin doch kein Hund!«, lachte er. Natürlich hätte er sich über diesen Spruch ärgern sollen, aber insgeheim freute er sich über das seltene Kompliment. Vielleicht konnte er tatsächlich etwas bewirken.

Dev schnippte mit den Fingern. »Die Vakuum-Speed-Terminals sind zwar deaktiviert, aber das Tunnelsystem selbst ist noch intakt, stimmt's?«

»Ja.«

»Und es verbindet immer noch die Zonen miteinander?«

»Einige davon bestimmt. Das ist eine hervorragende Idee. Ich kann das System sofort belüften«, sagte Eema. »Aber sobald ihr das Tor zur Roten Zone erreicht, kann ich euch nicht mehr helfen, nicht solange ich mich im Trojaner verberge. Ihr müsst allein einen Weg hindurch finden.«

»Wie soll ich das machen?«

Plötzlich wurden sie von Lot unterbrochen. »Dev! Da kommt jemand!«

Dev wendete den Blick nicht von Eemas Gesicht ab, während sie weitersprach. »Es gibt mehrere Verteidigungsmechanismen, die aktiviert sein können. Ich weiß nicht, welche es sein werden. Aber ich kann dir sagen, dass der Weg hinein der Sechserregel folgt.«

Dev schüttelte den Kopf. »Sechserregel? Was soll das sein?«

»Dev!«, zischte Lot. »Wir müssen weg!«

Sie warfen einen Blick nach unten. Kwolek führte einen kleinen Trupp ihrer Leute durch den Gang tief unter ihnen. Sie beobachteten, wie einer der Söldner die Bruchstücke des Iono-Antriebs fand und die anderen alarmierte. Alle versammelten sich an der Absturzstelle.

Dev fiel die Frage wieder ein, die ihm schon länger im Kopf herumging. »Eema, wie konnten diese Leute überhaupt ins Inventory eindringen? Ich dachte, es wäre unmöglich, an dem Sicherheitssystem vorbeizukommen.«

»Ist es auch«, antwortete Eema kühl. »Sie müssen Hilfe von *innen* gehabt haben.«

Devs Mund war plötzlich ganz trocken. Es war also wirklich ein Verräter unter ihnen. Sein Blick huschte zu Mason und dann nach unten zu ihren Verfolgern.

Kwolek schaute nach oben und zeigte direkt auf sie. Sie waren entdeckt worden.

Das bestätigte sich einen Moment später, als die Luft zu flimmern begann und eine Schallwelle eine der Metallstreben zertrümmerte, an denen der Wartungsgang aufgehängt war.

DIE KAVALLERIE

Schwere Kampfstiefel dröhnten im Gleichschritt, als die Elitetruppe die Rampen zu den drei gewaltigen Chinook-Hubschraubern hochrannte. Die Rotoren liefen bereits und erzeugten einen heftigen Wind, gegen den die Soldaten ankämpften.

Sergeant Wade überwachte die Aktion. Sie strahlte eine kühle Professionalität aus, doch seit Eema den Alarm gesendet hatte, war Wade beunruhigt. Mit einem so massiven und durchgeplanten Angriff auf das Inventory hatte niemand gerechnet.

Ein chinesischer Soldat kam angerannt und salutierte. Diese Elitetruppe kam nicht aus einem einzigen Land; es waren die Besten der Besten aus jedem Mitgliedsstaat des Welt-Konsortiums. Ihr Logo – ein Omegasymbol, durch dessen Mitte ein gezackter Blitz fuhr – befand sich auf den Hubschraubern und auf jeder Uniform. Fast niemand außerhalb des Welt-Konsortiums wusste, was dieses Logo bedeutete, aber in den höchsten Regierungskreisen betrachtete man diese Soldaten mit dem größten Respekt.

Für Wade war ihre Einheit so etwas wie eine geheime

Version der Vereinten Nationen; allerdings konnten sie auch hart zuschlagen, wenn es nötig war.

»Satellitenaufklärung der Region zeigt Feindbewegungen auf der Farm«, berichtete der Soldat. »Wer immer es ist, er scheint uns zu erwarten.«

Wade dankte ihm und richtete ihre Aufmerksamkeit wieder auf die Hubschrauber, die jetzt mit schweren Waffen beladen wurden. Es war jedoch kein primitives Zeug wie Gewehre. Wades Team verfügte über Weiterentwicklungen der besten Waffen, die das Inventory zu bieten hatte. Es war sozusagen die übernächste Generation.

Nachdem alles und jeder an Bord war, rannte sie die Rampe des ersten Hubschraubers hinauf. Diese schloss sich und der Helikopter hob ab, während sie noch auf halbem Weg nach oben war.

Der bevorstehende Kampf machte Sergeant Wade nichts aus. Viel mehr Sorgen bereitete ihr, was im Inventory vor sich ging. Sie war eine von nur sechs Personen, die wirklich wussten, was dort unten lagerte. Und sie wusste auch, dass die ganze Verantwortung jetzt auf den Schultern eines Jungen ruhte ...

FLUCHTWEG

Dev, Lot und Mason wurden von den Füßen gerissen, als der Wartungsgang einen weiteren Volltreffer abbekam.

»Die wollen uns abstürzen lassen!«, schrie Mason.

Dev hasste es, dass Mason ständig das Offensichtliche aussprechen musste. Als eine weitere Schallwelle genau zwischen seinen Beinen ein Loch ins Metallgitter riss, sprang Dev auf und zog Lot mit sich.

»Los, lauf!«, drängte er und rannte los. »Die kommen hier nicht rauf.«

Unter ihnen liefen Kwolek und ihre Männer den Gang entlang. Sie folgten den dreien mühelos.

Dev erreichte eine Abzweigung und bog nach rechts ab. Mason war ein ganzes Stück hinter ihnen, als eine weitere Schallwellen-Salve den Wartungsgang traf. Entsetzt mussten sie zusehen, wie sich der beschädigte Teil von der Decke löste und abstürzte. Der einzige Vorteil war, dass sich ihre Angreifer vor den herunterfallenden Trümmern in Sicherheit bringen mussten. Ein Söldner konnte nicht rechtzeitig ausweichen und wurde von einem großen Metallteil erschlagen.

Hoch oben ließ das Gewicht von Dev, Lot und Mason das

verbliebene Stück absacken, ähnlich einem Papierstapel, der über den Rand eines Schreibtischs hängt. Weitere Streben rissen aus der Decke und der zerstörte Gitterteil sank immer tiefer. Mason verlor als Erster den Halt und rutschte gegen Dev und Lot. Alle drei rutschten die Schräge hinunter; sie schwebten in tödlicher Gefahr.

Lots Finger krallten sich in den Gitterboden und sie schrie vor Schmerz, als Dev gegen sie prallte und ihr auf die Finger trat. Dev griff nach dem verbogenen Geländer und konnte so einen Absturz verhindern.

Mason hatte weniger Glück. Er lag auf dem Rücken und rutschte zu schnell abwärts. Seine Beine hingen schon über dem Abgrund ...

Doch plötzlich wurde sein Fall gestoppt. Der Verschluss seiner Jacke würgte ihn. Es war Lot gelungen, Mason mit einer Hand am Kragen zu packen, bevor er abstürzte. Doch sie würde sich nicht mehr lange nur mit einer Hand festhalten können.

»Dev! Hilf mir!«

Dev schlitterte vorsichtig auf Mason zu. Mit einem Fuß stützte er sich am Geländer ab und griff nach unten. Beim Blick in die Tiefe wurde ihm übel.

»Nimm meine Hand!«

Mason bewegte sich qualvoll langsam. Er starrte nach unten auf Kwolek, die ihre Schallkanone auf sie gerichtet hatte. Ein Volltreffer und sie wären alle tot.

»Mason! Nimm meine Hand oder du fällst!«, brüllte Dev und streckte den Arm aus, soweit es ging.

Lot stöhnte bereits vor Schmerzen und die Finger, mit denen sie Mason festhielt, begannen zu zittern. »Mase, ich kann dich nicht länger halten.«

Mason packte Devs Hand. Dev schnaufte vor Anstrengung, als er ihn hochzog. »Warum ... bist du ... so schwer?«, keuchte er.

Mason drehte sich um und versuchte, nach dem Geländer zu greifen. Seine Hand rutschte aus der von Dev und seine Finger krallten sich in das Armband von Devs Uhr. Dev schrie vor Schmerzen, als sich das Armband in seine Haut grub. Mason war zu schwer – und das Armband riss.

Mason fiel, die Uhr in der Hand. Mit einem verzweifelten Aufschrei packte er im letzten Moment das Geländer und ließ die Uhr los. Dev sah voller Entsetzen, wie seine Uhr – die einzige Verbindung zu Eema – abstürzte.

Lot, die sich wieder frei bewegen konnte, half Mason, auf den herabhängenden Teil des Gitters zurückzuklettern. Danach zogen sich die beiden auf einen unversehrten Bereich des Gangs zurück.

»Dev, komm schon!«, drängte Lot.

Dev hörte auf, fassungslos seiner Uhr hinterherzustarren, und wollte gerade zu den anderen klettern, als Kwolek erneut auf sie schoss und den herabhängenden Teil in Stücke sprengte. Da sprintete er los, so schnell er konnte, und sah sich nicht mehr um. Nur das Dröhnen der Schritte auf dem Metallgitter verriet ihm, dass Lot und Mason dicht hinter ihm waren.

»Wir sind hier oben einfache Ziele«, schnaufte Mason, als Dev an einer weiteren Abzweigung links abbog.

Aber sie hatten auch den Vorsprung, den sie brauchten. Ihre Verfolger waren nicht so schnell, weil sie jedes Mal die Richtung ändern mussten, wenn eine Regalreihe endete.

Dev führte Lot und Mason zu einer großen Röhre, die an der Decke entlanglief und etwa den Durchmesser eines

Kleinbusses hatte. Sie führte senkrecht vom Boden nach oben. Dann beschrieb sie eine Kurve bis an die Decke und verschwand in der Wand.

Dev tastete mit geschlossenen Augen an der Mauer entlang. Schließlich drückte er an einer Stelle dagegen. Ein verborgenes Panel glitt mit leisem Zischen zur Seite. Der Zugang war gerade groß genug, um hindurchzukriechen.

»Da rein, schnell.«

Lot spähte in das dunkle Loch. »Wie hast du das gefunden, Dev? Das war von außen gar nicht zu sehen.«

»Habe ich doch schon gesagt. Ich habe ein Gefühl für solche Dinge. Und jetzt kommt ...« Dev zeigte auf den Eingang der Röhre.

Mason kroch zuerst hinein und benutzte sein Handy, um das dunkle Innenleben zu beleuchten. Lot warf Dev einen fragenden Blick zu, folgte Mason dann aber.

Dev schaute nach unten, um sich zu vergewissern, dass Kwolek sie nicht entdeckt hatte, aber sie und ihre Leute waren nirgendwo zu sehen. Er holte tief Luft, kroch in die dunkle Röhre und verschloss sie hinter sich.

EIN SCHRITT VORAUS

Lee betrachtete das Tor zur Blauen Zone. Es war immer noch fest verschlossen. Er wäre lieber in der Kommandozentrale geblieben, aber bis jetzt hatte seine Mannschaft kläglich versagt. Und er würde dem Collector ganz sicher nicht berichten, dass sie nicht in der Lage waren, eine Tür zu öffnen.

Er warf Charles Parker einen Blick zu. »Nun, Professor Parker, wenn Sie die Tür einfach öffnen würden, erspart uns das viel Mühe.«

»Sie wissen, dass ich das nicht kann.«

Lee seufzte und gab einem seiner Männer ein Zeichen. »Dann halten wir uns an Plan A und sprengen das Ding auf.«

Der kräftige Mann ließ seine Knöchel knacken und stieg in den Panzer, den sie aus einer der Hallen geholt hatten. Ungewöhnlich war, dass er keine Ketten besaß. Der Kopf des Fahrers ragte aus der Luke. Die Maschine startete geräuschvoll, ein Funkenregen sprühte aus dem Unterboden und es gab ein lautes knisterndes Geräusch, das jede Unterhaltung unmöglich machte. Doch als der HoverTank einen

Meter hoch in der Luft schwebte, endete der Lärm und der Panzer glitt lautlos vorwärts.

»Alles klar!«, rief Lee. »Feuer frei!«

Die Mündung des Panzers drehte sich zur Tür. Der Feuermechanismus begann zu summen, und während sich die Spannung aufbaute, zuckten Lichtblitze durch den Lauf.

Charles schüttelte den Kopf. »Sie wollen die Tür aufschießen? Tut mir leid, aber das klappt nicht.«

Lee wackelte mit einem Finger. »Wissen Sie, wieso der HoverTank nie im Kampf zum Einsatz kam? Von dem grässlichen Lärm beim Starten mal abgesehen? Weil die Waffenanlage aus einem normalen Terrawatt-Laser besteht. Und der ist vollkommen nutzlos. Meine Leute haben ihn gegen eine Nullpunkt-Energiekanone ausgetauscht, die sie in einer Ihrer anderen Antiquitäten gefunden haben.«

Charles fühlte sich sichtlich unwohl. »Die Nullpunkt-Kanone ist nie richtig getestet worden. Die Partikel der Tür könnten kollabieren und damit ein kleines schwarzes Loch hervorbringen ...«

»Genau! Und das öffnet uns die Tür.«

»Oder es gerät außer Kontrolle und verkleinert das ganze Inventory auf die Größe eines Stecknadelkopfes!«

Der Schatten eines Zweifels huschte über Lees Gesicht. »Das würde uns alle umbringen.«

»Vermutlich.«

Der Hoffnungsschimmer, an den sich Charles geklammert hatte, erlosch, als Lee plötzlich in Gelächter ausbrach.

»Oh, Prof. Glauben Sie wirklich, dass wir nicht auf denselben Gedanken gekommen sind?« Lee zeigte auf Charles. »Aber der Ausdruck auf Ihrem Gesicht war köstlich. Sie haben tatsächlich gehofft, dass ich es mir anders überlege, stimmt's? Nur zu Ihrer Information: Das wird nicht passieren.« Er drehte sich zum Panzerfahrer um. »Feuer frei!«

Aus dem Mündungsrohr des Panzers schoss ein grelles Licht. Charles drehte hastig den Kopf weg, um seine Augen zu schützen – der Energiestrahl baute sich fast gemächlich auf und traf die Mitte des Tors.

Mit einem grässlichen Kreischen faltete sich die Tür zusammen und schrumpfte so schnell, dass sich ein Sog in Sturmstärke bildete. Charles' Ohren knackten und er wurde zur Tür gezogen. Seine Schuhsohlen scharrten über den glatten Boden.

Nur Sekunden später hatte sich der Sturm gelegt. Charles schaute auf und stellte verblüfft fest, dass die Tür verschwunden war. Dasselbe galt für das Mauerwerk, in das sie eingesetzt gewesen war.

Jetzt führte ein klaffendes Loch in die Blaue Zone.

Der Fahrer schaltete den Motor aus und der Panzer fiel mit Donnergetöse zurück auf den Boden.

Lee schritt in die nächste Zone. »Anscheinend hat Ihr Inventory neue Öffnungszeiten.«

Plötzlich meldete sich in seinem Headset eine Stimme. Lee blieb wie angewurzelt stehen und lauschte konzentriert.

»An alle Einheiten, wir bekommen draußen Besuch. Und Kwolek hat Neuigkeiten zu den Kindern.«

Lee machte in dem neu geschaffenen Durchgang kehrt und hastete zurück in den Kommandobunker.

IM TUNNEL

Die Tunnelwände waren glatt und eintönig. Die Taschenlampen-Apps von Lots und Masons Handys erhellten den Gang kaum. Es kam ihnen vor, als gingen sie in ein schwarzes Loch, und es fühlte sich an, als wären sie schon kilometerweit gelaufen, was Dev für ziemlich wahrscheinlich hielt.

»Bist du sicher, dass die uns hier nicht finden?«, wollte Lot wissen. »Ich frage nur, weil es hier keine Möglichkeit gibt, sich zu verstecken.«

»Keine Panik, die werden nicht auf die Idee kommen, uns hier zu suchen. Das ist das alte Vakuum-Speed-Terminal-System. Habt ihr schon mal diese Rohrpostanlagen gesehen, die Banken in alten Filmen benutzen?«

Mason lachte. »Klar. Die haben Behälter mit Geld reingesteckt, das dann direkt in den Tresor gesaugt wurde.«

»Stimmt. Das hier ist genau dasselbe, nur größer. Ohne Luft gibt es keinen Widerstand und man schießt schneller als ein Zug durch den Tunnel. Vermutlich habt ihr gemerkt, dass das System deaktiviert ist, denn andernfalls wären wir längst da.«

Lot blieb plötzlich stehen und richtete ihr Licht nach hinten. »Ich dachte, ich hätte etwas gehört.«

Alle horchten gebannt, konnten aber nichts hören.

»Keine Angst«, beruhigte Dev sie. »Die Anlage funktioniert nur, wenn hier drin ein Vakuum herrscht. Außerdem ist sie seit Jahren stillgelegt. Dafür hat mein Onkel gesorgt, als das Sicherheitssystem aufgerüstet wurde.«

Schweigend gingen sie weiter. Dev war in Gedanken wieder bei Eema und ihrer Behauptung, dass jemand im Innern des Inventorys dem Collector geholfen hatte. Das bestätigte seinen Verdacht: Es war kein Zufall, dass Lot und Mason ausgerechnet zum Zeitpunkt des Angriffs auf der Farm aufgetaucht waren. Einer von ihnen konnte der Verräter sein. Natürlich verdächtigte er Mason, zumal der dafür gesorgt hatte, dass er seine Uhr verlor, ihre einzige Verbindung zu Eema. Und das bedeutete, dass sie jetzt blind ins Innere des Inventorys vordringen mussten. Aber konnte er Lot wirklich trauen? Sie hatte jahrelang kein Wort mit ihm gesprochen und jetzt auf einmal ...

Vor ihnen führte der Tunnel abrupt abwärts. Im Boden waren Stufen eingelassen, vermutlich für Wartungsarbeiten. Vorsichtig stiegen sie hinunter. Ihre Handys leuchteten in der vollkommenen Dunkelheit nur wenige Meter weit.

»Stopp!«, sagte Dev plötzlich.

In der Schwärze des Tunnels hätte er beinahe übersehen, dass keine Stufen mehr da waren. Jetzt führte ein Schacht senkrecht nach unten. Damit hatte Dev gerechnet. Es bedeutete, dass sie sich über der Blauen Zone befanden und die senkrechte Röhre führte zum nächsten Vakuum-Speed-Terminal. Er hatte gehofft, dass dort eine Leiter sein würde, doch da war nichts.

»Sackgasse«, stellte Lot fest. »Ich springe da nicht runter.«

Erst jetzt bemerkten sie ein leises Summen hinter sich. Sie fuhren herum und sahen, dass am Rand des Lichtkegels von Masons Taschenlampe eine kleine flache Drohne schwebte. Die daumengroße Kamera reflektierte das Licht. Wer immer sie bediente, hatte sie zweifellos gesehen.

Mit einem Brüllen stürzte sich Mason auf das fliegende Ding.

RACHE

Lee zuckte zurück, als auf dem Bildschirm plötzlich das übergroße Gesicht des Jungen erschien. Sie hatten einen guten Blick direkt in seinen Mund, dann wurde alles schwarz.

Lee lehnte sich zurück. »Hey, Parker, ich glaube, der Knabe schuldet Ihnen eine Drohne.«

Er grinste Kwolek an, die verkehrt herum auf einem Stuhl saß und sich die Übertragung angesehen hatte. Sie schüttelte sichtlich beeindruckt den Kopf. Ihren Männern war es fast gelungen, Dev und seine Freunde von diesem Wartungsgang herunterzuschießen, aber danach hatten sie die drei aus den Augen verloren. Immerhin hatte sie die Uhr gefunden und in die Kommandozentrale gebracht. Lee fand schnell heraus, dass Dev Eema angewiesen hatte, die Vakuum-Röhren mit Luft zu füllen. Dann waren die Wright-Zwillinge in den Tunnel gestiegen und hatten eine Drohne gestartet, um herauszufinden, ob die Kids wirklich dort waren.

»Eine Frage«, sagte Lee beiläufig, »was für ein Name ist Kwolek? Wer hat *den* als Codenamen gewählt?«

»Und was ist mit Lee?«, konterte sie, ohne den Blick vom Monitor abzuwenden. »Ich meine, Faraday oder Edison wären logisch gewesen. Aber Lee? Ist ein bisschen langweilig.«

Lee zuckte mit den Schultern, als wäre die Wahl des Namens offensichtlich, aber Kwolek kapierte es nicht. »Tim Berners-Lee, schon mal gehört?« Sie schüttelte den Kopf. »Gib mir Kraft«, murmelte er. »Er hat nur diese Kleinigkeit erfunden, die man *Internet* nennt. Und was hat Kwolek erfunden? Das Gummiband?« Er lachte über seinen eigenen Witz.

Kwolek schnaubte verächtlich. »Sie war das Genie, das die kugelsichere Weste erfunden hat. Und die hat mir schon mehr als einmal das Leben gerettet, falls es dich interessiert.« Sie starrte immer noch auf den schwarzen Bildschirm. »Was würde passieren, wenn man in diesen Röhren wieder ein Vakuum schafft?«

»Sie würden ersticken und sterben. Aber das ist unnötig. Die können dadrin nirgendwohin. Sie sind kein Problem mehr für uns. Ich muss mich jetzt um wichtigere Dinge kümmern.«

Lee konzentrierte sich auf einen Radarschirm, auf dem drei Chinook-Hubschrauber des Welt-Konsortiums zu sehen waren, die auf die Farm zuflogen.

»Die Kavallerie kommt pünktlich. Sehr beeindruckend.«

Kwolek antwortete nicht. Lee drehte sich um, doch sie hatte den Kommandobunker bereits verlassen. Er rückte sein Headset zurecht und nahm Kontakt zur Oberfläche auf. »Leute, wir haben drei feindliche Einheiten im Anflug. Macht euch bereit.«

Kwolek eilte zurück zum Vorratsraum, wo der Laptop mit dem Sicherheitssystem verbunden war. Sie war zwar kein Meister-Hacker wie Lee, aber trotzdem konnte sie das Menü für das Vakuum-Speed-Netzwerk finden, mit der sich das Rohrsystem wieder in einen luftleeren Raum verwandeln ließ.

Auch wenn Lee das Ganze abgetan hatte, war sie überzeugt, dass der Collector keine Zeugen brauchte – und diese nervtötenden Kinder *waren* unerwünschte Zeugen. Außerdem hatten sie sie ausgetrickst und dafür würde sie sich rächen.

Sie fand die Steuerung für das Vakuum-Tunnelsystem recht schnell. Es war ein uraltes Display mit Kästchen zum Anklicken und Reglern, die man mit der Maustaste ziehen musste. Das Ganze wirkte, als wäre es im letzten Jahrhundert programmiert worden. Aber immerhin reichte ein Mausklick aus, um die starken Pumpen zu starten, die in etwas mehr als einer Minute alle Luft aus dem System saugten.

Nachdem das erledigt war, kehrte sie zu Lee zurück, um die Schlacht an der Oberfläche zu verfolgen.

KEINE LUFT

Der Anblick von Mason, der die zerstörte Drohne hochhielt wie einen Siegerpokal, erinnerte Dev an einen Hund mit seinem Stöckchen. Jetzt fragte er sich, wie er auf die Idee gekommen war, Mason für einen Verräter zu halten. Er war ein Idiot und quälte gern Schwächere, aber ein Verräter?

Er warf Lot einen Blick zu. Sie lächelte Mason auf ihre unwiderstehliche Weise an und das überzeugte Dev, dass auch sie unmöglich mit den Eindringlingen zusammenarbeiten konnte.

Doch dann kam ihm ein düsterer Gedanke – war das alles vielleicht nur Tarnung?

Plötzlich spürte er einen Windhauch im Gesicht. Im ersten Moment fürchtete er, dass eine Vakuum-Transporteinheit auf sie zuraste, aber das war natürlich unmöglich, solange Luft im Tunnel war.

Der Windhauch verwandelte sich in einen Orkan, der sie durch den Tunnel zu wehen drohte. Seine Augen tränten im Wind.

»Was ist hier los?«, übertönte Lot das Dröhnen, das immer lauter wurde.

Dev wusste genau, was los war. »Die saugen die Luft ab! Sie machen die Röhren wieder zum Vakuum!«

Wenn sie nicht sofort etwas unternahmen, würden sie ersticken. Sein erster Gedanke war, zurückzurennen, aber der Einstieg, den er hinter sich geschlossen hatte, war zu weit weg. Damit blieb ihnen nur ein Ausweg.

»Wir müssen springen!«, schrie er.

»Bist du verrückt?«, brüllte Mason.

»Wir springen oder wir ersticken in weniger als einer Minute!«

Mit tränenden Augen starrten sie in das schwarze Loch. Der Sturm war so heftig, dass ihre Wangen im Wind flatterten.

»Es könnte klappen«, stellte Lot mit wachsender Aufregung fest. »Der Wind ist stark genug. Wenn wir die Jacken öffnen, könnte das ausreichen, unseren Fall etwas zu bremsen.« Sogar in der matten Beleuchtung konnte sie Masons zweifelnde Miene erkennen. »Ich habe mit meinem Dad mal einen Tandem-Fallschirmsprung gemacht. Wir werden nicht hinuntersegeln wie Federn, aber es sollte ausreichen, um die Fallgeschwindigkeit deutlich zu verringern.«

Dev zog den Reißverschluss seiner Jacke auf und packte beide Seiten, um sie auszubreiten wie Flügel, wenn er gleich abspringen würde. »Wenn wir das tun wollen, dann *jetzt!«* Er stand dicht an der Kante. Die Dunkelheit hatte etwas Beruhigendes. Nicht zu sehen, was ihn dort unten erwartete, hielt seine Höhenangst unter Verschluss. Er war überzeugt, wenn der Schacht beleuchtet gewesen wäre, würde er zittern wie Espenlaub.

»Mase, du musst springen«, drängte Lot.

Mason rührte sich nicht; er war starr vor Angst.

»Entweder das oder wir ersticken.«

»Kommt schon! Springt! JETZT!«, brüllte Dev und machte einen Kopfsprung in die Dunkelheit.

Lot folgte ihm, ohne zu zögern.

Immer wenn sein Onkel zu schnell über eine Brücke fuhr, machte Devs Magen einen Hüpfer. Genau dasselbe passierte auch jetzt, nur diesmal landete sein Magen nicht wieder dort, wo er hingehörte, weil er immer tiefer und tiefer fiel. Er schrie – es war eine Mischung aus Angst und Rausch. Er breitete die Arme und seine Jacke aus. Sie füllte sich sofort mit Luft, das Material dehnte sich und er hatte das Gefühl, etwas langsamer zu fallen.

Lot sauste schreiend an ihm vorbei. Sie umklammerte immer noch ihr Handy und er konnte im Lichtschein sehen, wie die Schachtwand an ihnen vorbeiraste. Einen Moment später breitete auch sie ihre Jacke aus und ihre Fallgeschwindigkeit passte sich der von Dev an.

Sekunden später wurden sie von Mason überholt, der haltlos durch den Schacht trudelte. Er versuchte, seine Jacke zu öffnen, aber der Stoff glitt ihm aus der Hand und er befand sich im freien Fall. Er wirbelte mit dem Licht aus seinem Handy herum und man konnte so Masons Flugbahn verfolgen. Der Wind von unten bremste seinen Sturz ein wenig, aber Dev war sicher, dass es nicht reichen würde.

So plötzlich, wie er angefangen hatte, legte sich der Sturm. Jetzt fielen Dev und Lot ungebremst nach unten. Sogar noch schneller als vorher, weil es nun kaum noch Luftwiderstand gab.

Sie stießen gegen eine Wand des Schachts und Dev erinnerte sich, dass die Röhren nicht genau senkrecht verliefen.

Kurz vor dem Boden machten sie eine Kurve, damit die Transporteinheiten sanft in den Terminals landen konnten.

Sie erreichten die Auslaufzone, was eigentlich nur bedeutete, dass sich ihr freier Fall in eine tödliche Schlittenfahrt verwandelte. Sie schossen mit einer solchen Geschwindigkeit bergab, dass sie die Reibungshitze durch die Kleidung spüren konnten. Wenn sie die Tunnelwand mit einer unbedeckten Körperstelle berührten, würde es ihnen die Haut von den Knochen brennen.

Die Biegung der Röhre endete abrupt und sie flogen noch ein Stück weit geradeaus. Schließlich kugelten sie über den Boden und kamen endlich zum Stillstand. Lot und Mason hatten ihre Handys losgelassen. Beide Telefone waren einige Meter vor ihnen gelandet und leuchteten immer noch.

Dev lachte erleichtert auf – aber es war kein Ton zu hören. Voller Entsetzen erkannte er, dass sie sich in einem Vakuum befanden. Es gab keine Luft, die Laute transportieren konnte.

Es gab keine Luft zum Atmen.

Aber das war nicht ihr größtes Problem. Dev wusste, was mit Astronauten passierte, deren Druckanzug im Vakuum des Weltalls beschädigt wurde.

Sie explodierten.

Seine Augen fühlten sich komisch an, als würde sich hinter ihnen ein starker Druck aufbauen. Seine Haut fing an zu prickeln, als dehnten sich seine Adern ohne Luftdruck von außen immer weiter aus.

Sie durften keine Sekunde verlieren.

Dev rannte auf das nächstgelegene Handy zu. Er brauchte Licht, um die Tür zu öffnen, sobald er sie gefunden hatte. Sein ganzer Körper fühlte sich an, als würde er mit Nadeln gestochen, und als er sich nach dem Telefon bückte, zitterten ihm die Knie.

Er drehte sich um und stieß fast mit Lot zusammen. Er schrie, aber es kam kein Ton heraus. Lots Gesicht begann anzuschwellen – die Augen quollen aus ihren Höhlen.

Ihrer Reaktion nach zu urteilen, sah er genauso schrecklich aus. Er drängte sich an ihr vorbei und rannte dorthin, wo er die Tür vermutete. Um das Vakuum zu erhalten, mussten die Türen luftdicht sein und waren deshalb kaum zu sehen.

Dev versuchte, die Augen zu schließen und sich zu konzentrieren, aber die Lider passten nicht mehr über die geschwollenen Augäpfel. Er fuhr mit den Händen über die Wand und sah einen bunten Farbwirbel. Hoffentlich war das seine Begabung und nicht nur sein Gehirn, das ihm aus Sauerstoffmangel einen Streich spielte.

Sein ungewöhnlicher sechster Sinn sagte ihm, dass er die Tür gefunden hatte. Er hielt das Handy hoch und konnte in dem schwachen Licht den Mechanismus erkennen, der die Tür öffnete, sobald eine Transporteinheit ankam. Es war ein einfacher mechanischer Schalter, der bei der Einfahrt ins Terminal automatisch umgelegt wurde. Dev trat wie wild dagegen, aber er hatte nicht genug Kraft, ihn zu bewegen. Die Anlage war schon so lange außer Betrieb, dass der Schalter festsaß.

An der Wand gab es einen Notschalter hinter einer Abdeckung aus Glas. Er musste einfach nur das Glas einschlagen und auf den Knopf drücken.

Dev nahm alle Kraft zusammen und schlug gegen das Glas. Doch er war mittlerweile so schwach, dass selbst ein Neunzigjähriger mehr Energie aufgebracht hätte. Jeder Versuch war schwächlicher als der vorherige und seine Kraft schwand zusehends. Devs Gedanken verschwammen. Er musste sich auf das Problem konzentrieren. Er leuchtete mit dem Handy herum, um etwas zu finden, mit dem er das Glas einschlagen konnte. Aber da war nichts.

Abgesehen von dem Ding in seiner Hand.

Dev unternahm einen letzten verzweifelten Versuch und schlug mit einer Ecke des Telefons auf das Glas ein. Es zerbrach zumindest weit genug, dass er einen Finger hindurchstecken konnte.

Während ihm allmählich schwarz vor den Augen wurde, drückte er den Notfallknopf.

Nichts passierte.

Er drückte den Knopf wieder. Und wieder.

Die Tür öffnete sich immer noch nicht. Mittlerweile brannte seine Lunge wie Feuer und durch den Sauerstoffmangel wurde ihm schwindelig. Er nahm nur am Rande wahr, wie Mason umkippte, versuchte es aber zu ignorieren. Dev legte seinen Finger, der rot und geschwollen war, weil sich die Blutgefäße so sehr ausgedehnt hatten, auf den Knopf und konzentrierte sich auf den Stromkreis darunter. Einige Teile waren im Laufe der Jahre korrodiert, aber da war immer noch ein *bisschen* Strom.

Plötzlich wurde die Stille durch ein unglaubliches Brüllen durchbrochen – die Tür öffnete sich und schlug durch den Luftdruck von draußen mit Wucht nach innen. Sie verhakte sich an einer Schwelle im Boden, doch Lot schaffte es, sie ganz zu öffnen. Die Luft strömte mit derselben Sturmstärke hinein, wie sie zuvor aus dem Tunnel gezogen worden war. Den dreien tränten die Augen und sie klammerten sich an die Wand, um nicht weggeblasen zu werden.

Nur Sekunden später hatte sich der Luftdruck normalisiert. Wieder knackte es in ihren Ohren und sie wankten aus der Röhre, fielen auf die Knie und schnappten nach Luft.

Dev staunte, wie dick sich die Luft in seinem Mund anfühlte; beinahe, als würde er Wasser einatmen. Auch der fast bewusstlose Mason atmete tief ein. Sie brauchten ein paar Minuten, bis sie sich wieder normal fühlten. Erst dann wagten sie, einander anzusehen. Die Schwellung im Gesicht war zurückgegangen, aber die Augen waren noch stark gerötet. Dasselbe galt für ihre Haut. Es sah aus, als hätten sie einen schlimmen Sonnenbrand.

Lot begann zu kichern.

Mason kroch auf Händen und Knien aus dem Tunnel. »Was ist so witzig?«

»Das war das *schlimmste* Gefühl, das ich je hatte«, sagte sie und konnte gar nicht aufhören zu kichern. Die anderen fingen ebenfalls an zu lachen, denn der Sauerstoff war ihnen zu Kopf gestiegen.

Es dauerte noch mindestens eine Minute, bis sie wieder Luft holen und sich die Lachtränen aus den Augen wischen konnten. Inzwischen war auch die Röte ihrer Wangen verschwunden.

»Sagt ihr mir bitte noch einmal, wieso wir das alles tun?«, fragte Mason, der seine Schläfen massierte. »Warum verstecken wir uns nicht einfach und überlassen das Problem jemand anders?«

»Was ist, wenn sich jemand die Eisenfaust schnappt, bevor Hilfe kommt?«, fragte Lot.

»Was ist, wenn keine Hilfe kommt?«, konterte Dev ernst. Er bedauerte diese Bemerkung sofort. »Kommt mit. Der einzige Weg ist vorwärts.«

Sie erhoben sich mit zitternden Knien und schauten sich in dem Lager um, in dem sie gelandet waren.

Dev war sicher, dass er vorher schon mal hier gewesen war, aber er erkannte nichts wieder. Alles sah ganz anders aus; er vermutete, dass dies eine Folge der Abriegelung war, aber er hatte keine Ahnung, wie sie sich orientieren sollten.

Lot schüttelte verblüfft den Kopf. »Wenigstens weiß ich jetzt, wieso ihr das hier die *Blaue Zone* nennt.«

KAMPF UM DIE FARM

Sergeant Wade klammerte sich an einen der Haltegurte, als der Chinook-Hubschrauber eine enge Kurve flog. Der Gurt war das Einzige, was sie noch an Bord hielt, denn die Rampe war bereits abgesenkt worden. Sie flogen in vierhundert Meter Höhe und die Luftabwehrrakete, der sie gerade ausgewichen waren, zischte in einer Wolke aus Flammen und Rauch an ihnen vorbei.

»Alpha-Team – Absprung!«, brüllte sie.

Die acht Soldaten, die bei ihr waren, zögerten nicht. Sie rannten in vollem Tempo die Rampe hinunter und sprangen aus dem Hubschrauber. Als alle von Bord waren, bereitete sich Wade auf ihren Sprung vor. Sie zögerte kurz, denn einer ihrer Hubschrauber wurde von einer Rakete getroffen und der Rumpf zerbrach in zwei Teile. Da beide einen Rotor besaßen, wirbelten die Bruchstücke in verschiedene Richtungen davon, bis sie schließlich auf einem Feld aufschlugen. Sie hoffte nur, dass die Soldaten in der Maschine noch rechtzeitig hatten abspringen können.

Doch Wade blieb keine Zeit für trübe Gedanken. Sie sprang mit einem Kopfsprung aus dem Helikopter.

Der Boden raste auf sie zu, doch sie regulierte ihren Fall, indem sie Arme und Beine ausstreckte und damit den Fluganzug ausbreitete, den sie trug. Im Grunde war es eine professionelle Version dessen, was Dev, Lot und Mason unter der Erde versucht hatten. Die Stoffbahnen, die sich zwischen ihren Armen und Beinen und um ihren Körper ausdehnten, waren ein technisches Meisterwerk.

Das Einsatzteam des Welt-Konsortiums segelte hinab wie eine Formation von Falken und die Männer wichen dem Laserfeuer von unten geschickt aus. Wade war gezwungen, eine Rolle seitwärts zu fliegen, um dem Beschuss zu entgehen. Ihr ganzer Körper wurde heftig durchgeschüttelt, als sie durch den heißen Schweif des Geschosses flog.

Sie fing sich schnell wieder und landete sicher auf der Farm. Dort eilte sie zum Rest ihres Teams, das hinter einem der wenigen noch stehenden Gebäude Deckung gesucht hatte.

Die Farm einzunehmen, würde schwieriger werden als geplant. Ihre Feinde besaßen diverse exotische Waffen: Atomisier-Laser, Röntgengranaten und Zielsuch-Geschosse. Waffen wie diese sollten verboten und im Inventory eingeschlossen sein, doch aus irgendeinem Grund waren sie nicht beschlagnahmt worden.

Wade konnte nicht aufhören, darüber nachzudenken, was wohl gerade unter der Erde vor sich ging. Sie warf einen Blick auf ihre Truppe. Keiner der Männer ahnte, dass sich dort unten jemand befand, der ihr sehr viel bedeutete. Sie hoffte nur, dass alle unverletzt herauskamen.

DIE BLAUE ZONE

»Sieht das hier immer so aus?«, fragte Mason, der seine Wangen massierte, die nach dem Aufenthalt im Vakuum immer noch taub waren.

Fast das gesamte Lager, das vor ihnen lag, war geflutet worden. Trocken geblieben waren nur der erhöhte Bereich, auf dem sie standen, und ein weiterer in etwa dreihundert Metern Entfernung. Dort ragte ein Steg in das vollkommen ruhige Wasser und es führten Stufen unter die Oberfläche.

»So habe ich das noch nie gesehen«, antwortete Dev nachdenklich. »Ich schätze, es dient der Sicherheit. Ein Großteil dieses Lagers ist ein Trockendock für Schiffe, U-Boote und so was. Aber es sieht aus, als wäre die ganze Halle tiefergelegt und geflutet worden, damit keiner die Rote Zone erreichen kann.«

»Und wie sollen wir es dann schaffen?«

Dev zeigte auf eine weit entfernte, vollkommen glatte Wand und steckte seine Hand ins Wasser. »Die Tür ist irgendwo dahinten.« Lot und Mason schwiegen. »Wir können aber auch durch das Tunnelsystem zurückgehen«, fügte er hinzu und hoffte, dass die beiden das für keine gute Idee halten würden.

Beide protestierten sofort. Keiner von ihnen wollte den Horror des Vakuums noch einmal durchmachen.

Nie wieder.

Lot starrte ins Wasser und hielt die Hände schützend um ihre Augen, damit sie nicht von der Deckenbeleuchtung geblendet wurde. »Was meinst du, wie tief das Wasser ist?«

»Ungefähr zwei oder drei Stockwerke«, antwortete Dev.

Mason war alles andere als begeistert. »Das ist doch verrückt! Du schleppst uns immer tiefer und tiefer in einen total gefährlichen Schrottplatz! Und diese Leute haben auf uns geschossen. Geschossen! Erst bringst du uns mit deinem bekloppten Fluchtplan beinahe um« – er deutete auf die Röhre – »und jetzt willst du, dass wir ertrinken? Ich habe mit dem ganzen Kram nichts zu tun! Das alles ist dein Problem!« Wutentbrannt trat er gegen die Wand hinter sich.

Dev wollte zurückbrüllen, seinem Ärger Luft machen, aber ihm war klar, dass es nichts brachte. Er staunte selbst, wie ruhig und gelassen seine Antwort klang. »Gut. Dann bleib hier. Ist mir egal. Ich habe dich nie gebeten, mitzukommen. Du kannst dich gern hier hinsetzen und darauf warten, dass diese Verbrecher mit ihren Schallkanonen auftauchen.« Er warf Lot einen Blick zu und fügte hinzu: »Ihr beide.«

Mason schaute weg. Die Vorstellung, darauf zu warten, dass er geschnappt wurde, gefiel ihm kein bisschen.

Dev starrte Mason ins Gesicht. »Ich werde den Gedanken nicht los, dass es kein Zufall war, dass du genau zu der Zeit auf der Farm warst, als die Typen aufgetaucht sind.«

Mason hob die Hand, um anzudeuten, dass er längst alles gesagt hatte, was es zu diesem Thema zu sagen gab.

Doch da kam Dev etwas in den Sinn, das er bisher übersehen hatte, und die Worte sprudelten nur so aus ihm heraus. »Irgendwie ist das komisch. Eemas Sicherheitssysteme sind so fein getunt, dass sie Lot schon entdeckt hat, als sie über das Tor kletterte. Bisher sind ein paar Dutzend Eindringlinge erwischt worden, obwohl sie wussten, dass wir so etwas wie eine Alarmanlage haben. Aber du ... du wusstest es nicht und konntest trotzdem in einer Scheune verschwinden, ohne von Eema entdeckt zu werden.« Er sah Mason immer noch in die Augen. »Ich wüsste zu gern, wie du das gemacht hast.«

Mason ließ den Kopf hängen und fühlte sich so schuldig, dass seine Wangen ganz rot wurden.

Lot runzelte die Stirn und sah ihm ins Gesicht. Nach allem, was sie durchgemacht hatten, war sie gar nicht auf die Idee gekommen, dass Masons Erscheinen tatsächlich ziemlich verdächtig war. »Weswegen warst du wirklich da, Mase?«, fragte sie. Sie wollte nicht glauben, dass er etwas mit dem Angriff zu tun hatte, aber dass er ihr nicht in die Augen sehen konnte, erhärtete ihren Verdacht.

Als Mason schließlich sprach, kamen seine Worte nur zögerlich. »Ein Typ ... hat mir einen Fünfziger dafür gegeben, dass ich herkomme und mit dir abhänge.«

Dev ging auf eine Schalttafel in der Wand zu, die mit einem Notfall-Dreieck markiert war. »Was für ein Typ?«

Mason schüttelte den Kopf. »Seinen Namen hat er nicht gesagt. Als ich nach dem Grund gefragt habe, hat er gemeint, er wäre überzeugt, dass du in etwas Illegales verstrickt bist. Er hat aber nicht erwähnt, in was.« Obwohl Dev wütend war, sah er das Bedauern in Masons Gesicht. »Ich dachte, wenn ich dir Ärger einbrocken könnte, würde ich es gern tun. Vor allem nach dem, was du auf der Party mit mir gemacht hast.«

Dev drückte auf das Schaltpanel in der Wand. Es öffnete sich mit einem Zischen. Er griff in die Öffnung. »Die Party? Das hattest du verdient. Immerhin warst du es, der mich dorthin gelockt hat.«

Mason sah ihn verwirrt an. »Ich habe gar nichts getan. Du bist einfach aufgetaucht …« Er zuckte zurück, als Dev etwas Langes, Dünnes aus der Wandöffnung zog.

Dev bemerkte seine Reaktion und lachte. »Das ist keine Waffe, falls du das jetzt denkst.« Sehr freudvoll war sein Lachen allerdings nicht, dafür war die Lage zu ernst. Er hatte den Maulwurf gefunden.

»Du bist ein Verräter, Mase. Du hast sie hier reingebracht und du weißt es ganz genau.« Er trat einen Schritt auf Mason zu.

Lot hob die Hände, um die beiden voneinander zu trennen. »Moment mal. Wieso? Was macht es für einen Unterschied, dass du hier bist?«

Mason holte eine Packung Kaugummi aus der Tasche und hielt sie hoch wie ein Beweisstück. »Das hier. Sie haben mir gesagt, sobald ich drin bin, soll ich eines davon kauen und es dann an einen Computer kleben. Das war alles.«

Dev schnappte sich die Packung. Sie sah ganz normal aus. Er holte den letzten Kaugummistreifen heraus. Er war immer noch in die Silberfolie eingewickelt. Dev untersuchte ihn. »Du Idiot …« Jetzt ergab es einen Sinn, dass Eema nichts gegen die Eindringlinge unternommen hatte.

»Das ist doch nur Kaugummi. Schmeckt ein bisschen metallisch, aber …«

Dev schloss die Augen und fuhr mit den Fingern über

den Kaugummistreifen. »Das ist nicht nur Kaugummi. Es ist ein Biovirus.«

Er löste einen Mikrochip von der Innenseite der Folie. Er hatte etwa den Durchmesser einer Erbse. »Und das hier macht dich unsichtbar für unsere Security. Deswegen konnte Eema dich nicht sehen.«

Ihm fiel auf, dass Lot ihn wieder mit diesem neugierigen Ausdruck ansah, an den er sich schon fast gewöhnt hatte. »Das alles weißt du, wenn du die Sachen nur anfasst?«, fragte sie.

Dev nickte. Er warf den Tarnchip ins Wasser und steckte das Kaugummipäckchen ein. Dann sah er Mason an. »Du weißt, was ein Computervirus macht, oder? Nun, unser System ist von außen nicht zu hacken. Aber von innen ... das ist ein bisschen einfacher. Die haben dich als nützlichen Trottel missbraucht. Wir haben hier eine ganze Abteilung zum Thema Bionik. Vergiss die Horrorgeschichten, die ihr mal gehört habt. Was hier lagert, ist *echt* gruseliges Zeug. In deinem Kaugummi ist ein Virus, der halb Lebewesen und halb Maschine ist. Synthetisches Leben nennt man das.«

»Von Menschen geschaffenes unechtes Leben«, staunte Lot. »Ist ja irre ...«

»Deine Spucke aktiviert das künstliche Leben und dann klebst du deinen Kaugummi an einen Computer. Der Virus sucht sich einen Weg ins Innere, umgeht dabei alle Schutzprogramme und hackt den Rechner von innen. Er braucht keine komplizierten Aktionen auszuführen. Es reicht, wenn er unser Sicherheitssystem kurzfristig lahmlegt, damit die Typen eindringen und es dauerhaft ausschalten können.« Er hielt das verräterische Kaugummipäckchen hoch, damit

Lot es sich ansehen konnte. »So haben sie Eema ausgeschaltet. Und das ist alles seine Schuld!«

»Das wusste ich nicht! Ich schwöre ... ich wusste es nicht!«, stammelte Mason.

Dev warf Mason den langen Gegenstand zu, den er aus dem Wandfach geholt hatte. Aus einem Reflex heraus fing Mason ihn auf, machte dann aber einen Satz zurück, als rechnete er damit, dass es etwas Gefährliches war. Er wollte das unbekannte Ding schon ins Wasser werfen, als Dev Lot ebenfalls eines reichte.

»Das sind Aqualungen, mit denen ihr unter Wasser atmen könnt.«

Der Apparat sah aus wie eine Ziehharmonika. Auf einer Seite hatte er eine Reihe Löcher und auf der anderen war er dünn genug, um ihn zwischen die Zähne zu nehmen.

»Damit saugt ihr Wasser ein.« Dev zeigte auf die Lochreihen. »Der Sauerstoff wird herausgefiltert und ihr könnt ihn einatmen. Das Wasser kommt hier wieder heraus.« Er zeigte auf zwei Löcher am Ende der Aqualunge.

Lot klemmte sich das Mundstück zwischen die Zähne, und als sie etwas sagte, klang es, als hätte sie eine Handvoll Murmeln im Mund. »As is ech cool!«, murmelte sie.

Dev stand am Rand der Plattform. »Die Dinger produzieren nicht ausreichend Sauerstoff, das Atmen ist also schwierig. Ihr werdet ständig außer Atem sein, ähnlich wie im Hochgebirge. Aber wenigstens bleibt ihr am Leben.«

Dev starrte aufs Wasser und sah erst Mason und dann Lot an. »Ich habe nie verlangt, dass ihr mich begleitet, aber ich muss diese Eisenfaust finden – und auch wenn Eema anderer Meinung ist, muss ich außerdem meinen Onkel retten.

Ihr könnt hierbleiben und euch verstecken oder ihr kommt mit.«

Mason zögerte. »Ich kann nicht besonders gut schwimmen.«

»Du brauchst nicht zu schwimmen. Du musst nur sinken.« Dev nahm das Mundstück seiner Aqualunge zwischen die Zähne und sprang ins Wasser.

Weiße Blasen schäumten um ihn herum, als er versank. Das kalte Wasser war nach dem Horror der Vakuumröhre geradezu angenehm. Er holte probeweise ein paar Mal Luft durch die Aqualunge und stellte erleichtert fest, dass er kühlen Sauerstoff einatmete. Die Kälte ließ ihn zittern und er nahm einige tiefe Atemzüge. Schon jetzt fiel ihm das Atmen schwer.

Zwei weitere Klatscher ganz in seiner Nähe verrieten ihm, dass auch Lot und Mason ins Wasser gesprungen waren. Als sich die Luftblasen verzogen hatten, konnte er an ihren Gesichtern eine rasche Folge von Emotionen ablesen – Verunsicherung, Angst, Panik und schließlich Sich-Abfinden.

Lot war die Entspanntere der beiden. Dev erinnerte sich an eine Unterrichtsstunde nach den Ferien, als sie einen Aufsatz über den Tauchurlaub mit ihren Eltern geschrieben und vor der Klasse vorgelesen hatte. Mason dagegen stand der Zweifel ins Gesicht geschrieben, ob das alles so eine gute Idee war.

Das Wasser war glasklar. Vor ihnen lagen zwei riesige schwarze Gegenstände auf dem Grund. Sie waren so gigantisch, dass das hintere Ende im blauen Wasser nicht auszumachen war. Dev gab den anderen ein Zeichen, ihm zu folgen, als er darauf zuschwamm.

Es stellte sich schließlich heraus, dass es sich bei den beiden Gegenständen um zwei gewaltige U-Boote handelte, die auf massiven Halterungen des ehemaligen Trockendocks ruhten. Eines der U-Boote war pfeilförmig und die Seitenwände bildeten spitze Winkel wie bei einem von diesen Kampfjets, die kein Radar aufspüren konnte. Das andere war noch größer. Es hatte eine flache Oberfläche, und als sie näher kamen, erkannten sie, dass sie über eine Landebahn hinwegschwammen. Das U-Boot diente gleichzeitig als Flugzeugträger.

Dev hatte die beiden U-Boote schon vom Boden aus gesehen, als das Lager noch nicht geflutet worden war. Aus dieser neuen Perspektive wirkten sie noch unglaublicher. Er steuerte zwischen beiden hindurch. Er wusste, dass die U-Boote auf die Tür zum nächsten Abschnitt ausgerichtet waren. Mit etwas Glück schafften sie es, bevor die Ganoven des Collectors überhaupt nasse Füße bekamen.

Devs Brust tat weh, denn unter Wasser zu atmen, war eine Qual. Die britische Marine hatte die Aqualungen entwickelt. Doch bereits in der Testphase waren Taucher vor Anstrengung ohnmächtig geworden und ertrunken. Diese Info hatte Dev den anderen bewusst vorenthalten. Er hoffte nur, dass sie den nächsten Sektor erreichten, bevor es ihnen erging wie den Testkandidaten.

Er legte eine Pause ein, um kurz durchzuatmen und das Gefühl der Schwerelosigkeit zu genießen. Lot tauchte neben ihm auf. Ihr schien das Ganze einen Riesenspaß zu machen. Mason war ein paar Meter hinter ihnen und sein Schwimmstil erinnerte an das Paddeln eines Hundes. Als er endlich aufholte, zeigte Dev nach vorn. Jetzt war das Heck der beiden U-Boote genauso deutlich zu sehen wie die dahinter liegende Hallenwand. Sie hatten die andere Seite fast erreicht. Dev deutete auf die Tür, die noch außer Sichtweite links von ihnen lag.

Plötzlich durchdrangen Lichtstrahlen das Wasser. Zwei kleine U-Boote hatten die beiden riesigen als Deckung genutzt, um sich unbemerkt anzuschleichen. Die Mini-U-Boote hatten die Größe und Form eines Sportwagens und Dev erinnerte sich, dass er sie mal auf einem Regal im Lager gesehen hatte. Doch wie anmutig sie durchs Wasser glitten, hätte er sich nicht vorstellen können.

Dev blinzelte im Gegenlicht und entdeckte einen Söldner am Steuer des ersten U-Boots. An der Seite glitt eine Torpedo-Abschussrampe heraus und der Kerl im U-Boot grinste und deutete mit beiden Armen eine Explosion an.

Unter der Glaskuppel des zweiten U-Boots saß Kwolek. Vor Devs Augen entfalteten sich zwei mechanische Arme am Bug und griffen nach ihm.

Er rang verzweifelt nach Luft, aber der Sauerstoffmangel machte ihn langsam. Seine Panik steigerte sich noch, als ihm klar wurde, dass er nicht entkommen konnte.

IHRE EINZIGE CHANCE

Sergeant Wade duckte sich schnell, als die Bruchstücke des Schallwellen-Bohrers durch die Luft flogen. Er war mit einem so schrillen Heulen explodiert, dass ihr noch eine Stunde später die Ohren klingeln würden.

Der Bohrer war zusammen mit anderem schwerem Gerät eingeflogen worden, um sich Zugang zum Inventory zu verschaffen.

Doch jeder Versuch war fehlgeschlagen.

Wade sah sich auf den verkohlten Überresten des Schlachtfelds um. Einige der Scheunen brannten noch und ein Teil des Farmhauses war eingestürzt. Aber zumindest hatten sie die Feinde ohne eigene Verluste besiegt. Es waren nur zwei ihrer Leute verwundet worden, die man sofort ausgeflogen hatte. Der Rest des Einsatzteams sicherte die Umgebung.

Ein Soldat, dessen Uniform mit Schneematsch und Blutspritzern verschmutzt war, kam angerannt und salutierte zackig. »Sergeant, die Oberfläche ist gesichert, aber es scheint keine Möglichkeit zu geben, von hier aus ins Inventory einzudringen.«

Sie warf einen Blick auf das Namensschild des Soldaten. »Danke, Gamble.« Sie überlegte kurz. »Was ist mit Eema?«, fügte sie dann hinzu. Nachdem Eema den Notruf abgesetzt hatte, war von ihr nichts mehr zu hören gewesen. Das war ein weiterer Beweis, dass die Eindringlinge genau wussten, was sie taten.

»Kein Piep«, antwortete Gamble. »Aber das Hauptquartier hat einen Bericht aus Russland geschickt. Pavel Branonov wird vermisst und auch seine gesamten Aufzeichnungen zum Projekt Eisenfaust.«

Wade runzelte die Stirn. Pavel Branonov hatte für das Welt-Konsortium gearbeitet, war jetzt aber im Ruhestand.

Gamble fuhr fort. »Einem Polizeibericht zufolge wurde er dabei gesehen, wie er in Professor Yenins Wohnung in Moskau eingebrochen ist, wo er ein Notizbuch mit Informationen über die Eisenfaust gestohlen hat.«

»Yenin hat das Sicherheitssystem des Inventorys eingerichtet.« Wade sah dem Soldaten in die Augen. »Was stand in diesem Notizbuch?«

»Das wissen wir nicht.«

Sergeant Wade nickte. »Lassen Sie die ENS aufbauen. Senderichtung direkt nach unten. Mal sehen, wer uns zuhört.« Extreme Niedrigfrequenz-Sender konnten Signale durch Ozeane schicken. Sie durchdrangen massiven Fels, wenn nötig sogar von einem Pol zum anderen. Es war ihre einzige Chance, Kontakt zu Devon oder Charles Parker aufzunehmen, falls sie noch am Leben waren.

Soldat Gamble salutierte noch einmal und schritt zügig davon. Wade sah ihm nach und bohrte dabei gedankenverloren die Stiefelspitze ein paar Zentimeter tief in den Schneematsch.

Sie zweifelte nicht daran, dass ihr Team in der Lage war, ins Inventory einzudringen und die Verbrecher zu stellen. Aber das war nicht ihr Plan. Ihr Plan war es, stillzuhalten und zu warten, bis sie ihr in die Arme liefen ...

PROBLEME UNTER WASSER

Es war unmöglich, den Greifern des U-Boots zu entkommen, denn sie waren schnell wie eine Kobra. Feine Fäden schossen aus ihnen heraus und umschlangen ihn wie die Tentakel einer Seeanemone. Dev hätte beinahe aufgeschrien, als seine Brust zusammengeschnürt wurde, doch das durfte er auf keinen Fall, weil er sonst Gefahr lief zu ertrinken.

Kwolek zog den mechanischen Arm zurück und holte Dev näher an die Glaskuppel heran. Aus dem Augenwinkel sah er, wie Lot und Mason versuchten, in Deckung zu schwimmen. Aber das zweite Ein-Mann-U-Boot war ihnen dicht auf den Fersen.

Dev hing jetzt direkt vor dem Glas, Auge in Auge mit Kwolek. Es überraschte ihn, dass sie aus der Nähe betrachtet hübsch war, trotz der schwarzen Titan-Implantate. Ihre dunklen Augen zeigten keine Regung und ihr Lächeln hätte selbst einen Piranha verschreckt.

Kwolek, die sich vergewissert hatte, dass Dev noch atmete, beschleunigte ihr U-Boot. Sie steuerte über das eingelagerte Riesen-U-Boot hinweg und tauchte dann so schnell ab, dass ein stechender Schmerz durch Devs Ohren fuhr. Durch den plötzlich erhöhten Wasserdruck taten ihm bald auch die Rückseiten seiner Augen weh, und je schneller sie tauchten, desto unerträglicher wurden die Schmerzen.

Ein bleiches Licht lenkte ihn einen Moment lang von seinen Schmerzen ab. Anfangs war schwer auszumachen, was da vor ihm lag. Aus der Ferne sah es aus wie eine Glaskuppel, die über den Boden glitt. Als er näher kam, konnte Dev erkennen, dass sich mehrere Personen unter der Kuppel bewegten. Doch dann war es so ähnlich wie bei einer optischen Täuschung, bei der man plötzlich das wirkliche Bild erkennt: Es war keine Glaskuppel, sondern eine Luftblase mit acht Metern Durchmesser, in der sich die Menschen trocken unter Wasser aufhalten und ganz normal herumlaufen konnten.

Lee kommandierte fünf Söldner, die alle mit den schon bekannten Schallkanonen bewaffnet waren. Die Wright-Zwillinge zerrten eine große Metallkiste hinter sich her, auf der in militärischer Schablonenschrift GEFAHR: ENERGIEFELD geschrieben stand.

In der Mitte der bewaffneten Eskorte ging Charles Parker. Ein Roboter mit Kettenantrieb rollte neben ihm her. Er sah aus, als stammte er aus den 1970er-Jahren, wie einer von diesen Bomben-Entschärfungsrobotern. Doch der an ihm befestigte schimmernde Apparat war eindeutig moderner. Er erzeugte das Kraftfeld, das das Wasser fernhielt und die bewegliche Luftblase geschaffen hatte.

Alle Anwesenden hoben den Blick, als sich Kwoleks U-Boot näherte. Die Oberfläche der Luftblase verzerrte die Sicht; es war so, als würde man in einen Swimmingpool schauen. Charles starrte auf den Greifarm des U-Boots, in dem sich etwas bewegte.

»Devon?«, rief er, als Dev in die Luftblase gestoßen wurde. Für Dev war es ein komisches Gefühl, das kalte Wasser zu verlassen und sich plötzlich in einer warmen, feuchten Luftblase wiederzufinden – wie Tauchen im Rückwärtsgang. Gerade hatte er noch um Luft gerungen und unter dem Wasserdruck gelitten und nun hing er an einem Greifarm mehrere Meter über dem Boden, im *Innern* der rettenden Luftblase, während Kwoleks U-Boot über ihnen im Wasser trieb. Die Schmerzen in seinen Ohren waren wie weggeblasen.

Er sah seinen Onkel verlegen an. »Hallo.«

Charles' Blick huschte zwischen seinem Neffen und Lee hin und her. »Ist das deine Vorstellung von einer Rettungsaktion?«

Lee umrundete Dev sehr langsam. »Ah ja, der berühmte Neffe. Bin beeindruckt von dem Trojaner, den du in Eemas Programm geschleust hast – sehr stilvoll. Du hast uns eine Menge Ärger gemacht.« Er deutete auf das U-Boot, das ihn immer noch festhielt. »Kwolek da draußen kann es kaum erwarten, das Leben aus dir herauszuquetschen nach allem, was du ihr angetan hast. Was meinst du, sollte ich es ihr erlauben?« Dev wich seinem Blick aus. »Das dachte ich mir. Lass ihn los.«

Der Greifarm löste sich. Dev landete unsanft auf dem Boden und knickte mit dem Knöchel um. Die Aqualunge fiel ihm aus dem Mund und schlitterte ein Stück weit weg.

»Seht nach, ob er unbewaffnet ist.«

Zwei der Männer zerrten Dev auf die Füße. Einer tastete ihn routiniert und sorgfältig ab, um verborgene Waffen zu finden. Bei der Kaugummipackung in Devs Tasche zögerte er kurz, ignorierte sie dann aber.

»Der Junge ist unbewaffnet«, berichtete er ein wenig überrascht.

Dev war noch wesentlich überraschter. Entweder war der Mann nicht dabei gewesen, als Mason angeheuert worden war, oder er war einfach nur dämlich. Vielleicht auch beides.

»Sie werden die Eisenfaust nicht kriegen«, sagte er mit mehr Zuversicht, als er tatsächlich empfand.

Lees kurzes Zögern gab ihm neue Hoffnung. »Ach nein? Und was weißt du über die Eisenfaust?«

Der Söldner ließ Dev los. Er verzog das Gesicht beim Versuch, seinen verstauchten Knöchel zu belasten. »Es ist Nikola Teslas alte Erfindung. Was möchten Sie wissen?«

Lee musterte Dev misstrauisch. Doch bevor er etwas sagen konnte, meldete sich eine Stimme in Lees Ohrstöpsel. In der Stille der Luftblase konnte Dev hören, was am anderen Ende gesprochen wurde.

»Sir, wir haben den Kontakt zum Oberflächenteam verloren. Die letzten Berichte lassen vermuten, dass unsere Männer vom Einsatzteam des Welt-Konsortiums überwältigt wurden.«

Dev und Charles sahen sich an. Sie wussten beide, was das bedeutete: Das Einsatzteam würde versuchen, das Inventory zu stürmen. Devs Hoffnung wuchs, aber sein Onkel wirkte enttäuscht. Lag das daran, dass Dev geschnappt worden war? Oder war er enttäuscht, weil sein Neffe versucht hatte, Hilfe zu holen?

Wie üblich hatte Dev das Gefühl, dass er nichts richtig machen konnte. Doch er unterdrückte seinen Ärger, denn die wandernde Luftblase hatte mittlerweile die Tür zur nächsten Zone erreicht. Sie drängte das Wasser vor der Tür zurück.

»Das war zu erwarten«, bemerkte Lee, und dass er seine Leute auf der Farm verloren hatte, schien ihm vollkommen gleichgültig zu sein. »Das Welt-Konsortium wird vorgehen wie üblich, mit einem ENS, und genau darauf zähle ich.«

Dev konnte den Gedanken nicht ertragen, dass alles genauso lief, wie es die Verbrecher geplant hatten. Er hoffte nur, dass Lot und Mason noch frei waren. Er starrte durch die Luftblase nach draußen, aber die glatte Oberfläche reflektierte das Licht und außer Kwoleks U-Boot konnte er nichts erkennen. Was, wenn das andere U-Boot sie eingefangen hatte ... oder Schlimmeres?

»Öffnet die Tür!«, befahl Lee.

Die Zwillinge zerrten die Metallkiste dichter an die Tür. Sie nahmen den Deckel ab und begannen, das komplizierte Gerät zusammenzubauen, das darin verstaut war.

Dev griff in seine Tasche – und erstarrte, als einer der Kerle drohend seine Waffe hob.

»Ganz ruhig, Junge.«

Dev hob eine Hand, um anzuzeigen, dass er unbewaffnet war, und zog mit der anderen langsam das Kaugummipäckchen aus der Tasche. »Selber ganz ruhig«, sagte er, wickelte den letzten Streifen aus und schob ihn in den Mund. Das Silberpapier steckte er wieder ein. »Die einzige Gefahr hier droht meinen Zähnen.«

Während Lee sich auf die Tür konzentrierte, trat Dev einen Schritt näher an seinen Onkel heran und flüsterte: »Kannst du schwimmen?« Es war wirklich verrückt, dachte Dev, wie wenig er über Charles wusste.

Charles hob seine gefesselten Hände. »Ich werde mich

nicht ins Wasser stürzen, falls du das meinst.« Er klang genervt.

Beim Anblick der Handschellen hob Dev fragend die Brauen.

»Ich hatte keine andere Wahl, als mich zu ergeben.« Charles funkelte ihn an. »Ich habe mich geopfert, um dir mehr Zeit zu verschaffen. Was für eine Verschwendung! Und hör gefälligst auf zu kauen, während ich mit dir rede. Das ist eine ekelhafte Angewohnheit.«

Seine Worte taten Dev weh. Sogar in höchster Gefahr konnte sein Onkel es nicht lassen, auf ihm herumzuhacken. Dev fragte sich, wieso er überhaupt darüber nachgedacht hatte, ihn zu befreien. Es ging hier nur um die Eisenfaust. Er musste sie an sich bringen und damit verschwinden. Wenn sein Onkel zurückblieb, hatte er eben Pech.

Wutschnaubend spuckte er den Kaugummi auf den Luftblasen-Generator, der auf dem alten Roboter montiert war. Es war ein Volltreffer, wie er gehofft hatte. »Zufrieden?«

»Sehe ich zufrieden aus?«

»Woher soll ich das wissen? Ich habe dich noch nie zufrieden erlebt«, fauchte Dev.

Jetzt wurde auch sein Onkel wütend. »Ich muss nicht gerettet werden, Devon. Bist du wirklich so blind? Die haben mich als Köder benutzt, um dich herzulocken!«

Dev blinzelte verdutzt. »Was wollen die Typen denn von mir? Ich bin nichts Besonderes.«

Plötzlich wurde der Blick seines Onkels ganz weich und einen kurzen Moment lang sah er in ihm wieder den Mann, der ihn aufgezogen hatte, so gut er konnte. Er kam Dev vollkommen fremd vor, denn diese liebevolle Seite seines Onkels hatte er seit vielen Jahren nicht mehr gesehen.

»Ach Devon«, seufzte er. »Wenn du wüsstest ...«

Außerhalb der Luftblase blitzte etwas auf. Dev und sein Onkel fuhren herum. Etwas hatte Kwoleks U-Boot von hinten gerammt. Es wurde nach vorn gestoßen und durchbrach die Wand der Luftblase.

Dev und Charles hechteten an die hintere Wasserwand, um nicht von dem abstürzenden U-Boot getroffen zu werden. Ohne Wasser, das ihm Auftrieb verlieh, landete das Ding mit einem ohrenbetäubenden Krachen. Der Kohlefaserrumpf platzte auf und schlitterte über den Boden. Lee und die Zwillinge brachten sich hastig in Sicherheit, dann krachte das U-Boot gegen die Tür und zerschmetterte dabei das Gerät, das die Zwillinge gerade aufgebaut hatten.

Kwolek zerschlug die beschädigte Glaskuppel mit ihrem bionischen Arm und ließ sich mit einigen Prellungen und Schnittwunden aus dem Wrack fallen. Ihr Blick traf auf Dev. Sie machte eine finstere Miene und ging drohend auf ihn zu, doch Lee hielt sie zurück.

Dev kroch auf allen vieren auf seine Aqualunge zu. Er griff danach und sah sich zu seinem Onkel um. »Du hast mir noch nicht gesagt, ob du schwimmen kannst.« Er warf einen Blick auf den Roboter und klemmte sich das Mundstück zwischen die Zähne.

Charles folgte seinem Blick. Der Kaugummi war auf dem Kraftfeld-Generator gelandet, der die Luftblase erzeugte. Charles wusste sofort, was sein Neffe plante.

»NEIN!«, brüllte er.

Es war zu spät. Dev rannte an den Rand der Blase und hechtete in die senkrechte Wasserwand. Es war so ähnlich, als würde man in einen Pool springen, nur ohne das Spritzen. Er schwamm, so schnell er konnte, um möglichst weit von der Luftblase wegzukommen. Gleichzeitig hielt er Ausschau nach der Ursache für Kwoleks Absturz.

Dev war klar, dass er keine andere Wahl gehabt hatte. Er hoffte nur, dass Charles schwimmen konnte.

Das zweite U-Boot trieb neben ihm im Wasser. Am Bug war nach dem Zusammenprall mit Kwoleks Maschine der Lack verkratzt. Dev begriff nicht, wieso der andere Fahrer nicht besser aufgepasst und den Zusammenstoß vermieden hatte. Als er näher heranschwamm, um einen Blick ins Cockpit zu werfen, stellte er überrascht fest, dass Mason den Joystick bediente, ihn angrinste wie ein Idiot und einen Daumen hob.

Dev paddelte auf ihn zu und hielt sich gerade noch rechtzeitig am Rumpf fest, denn im selben Moment drang der Biovirus des Kaugummis in den Generator ein und schaltete das Gerät ab.

Die Luftblase fiel in sich zusammen und das Wasser brach über Charles, Lee und seine Leute herein.

Der Sog war so heftig, dass das U-Boot davon angezogen wurde – mit Dev, der sich immer noch an den Rumpf klammerte –, aber Mason gab Gas und sie entkamen aus der Gefahrenzone. Dev sah sich hektisch nach einem Lebenszeichen von seinem Onkel um. Und dann erinnerte er sich mit Schrecken an dessen gefesselte Hände.

Hatte er gerade seinen Onkel umgebracht?

Mason stoppte das U-Boot und Dev sah Lot heranschwimmen. Als sie bei ihnen ankam, schlang sie die Arme um ihn – war sie so froh, ihn zu sehen? Obwohl in seinem Kopf nur Platz für Entsetzen und Schuldgefühle war, fühlte es sich gut an.

Dev wusste jedoch, dass sie längst nicht außer Gefahr

waren. Lee würde die Tür schon bald geöffnet haben und wäre ihnen dann wieder einen Schritt voraus. Und diese Tür war der einzig mögliche Weg.

Oder gab es noch einen anderen?

Dev zog Lot zu sich an das U-Boot, schlang den Arm um ein Rohr und gab ihr ein Zeichen, sich ebenfalls gut festzuhalten. Dann klopfte er an die Glaskuppel, um Masons Aufmerksamkeit zu erregen, und zeigte auf den Boden.

Mehrere Meter vor ihnen lag ein abgedecktes Gitter, das etwa die Größe eines Garagentors hatte. Darauf stand in militärisch aussehender Schablonenschrift das Wort »ABFLUSS«.

Dev schlug auf das Torpedo-Abschussrohr und zeigte dann auf das Gitter. Mason nickte.

Mit einem kurzen Summen der Propeller brachte er das U-Boot in die richtige Position und feuerte dann einen Torpedo auf das Gitter. Es war ein Volltreffer.

Sofort nach dem Aufschlag setzte ein ohrenbetäubendes Rauschen ein und das U-Boot wurde zu dem Riesenloch im Boden gezogen. Dev klammerte sich mit aller Kraft fest und konnte sehen, dass Lot dasselbe tat.

Sie rauschten auf das gebrochene Gitter zu wie auf ein schwarzes Loch, mit jeder Sekunde erhöhte sich ihre Geschwindigkeit. Und dann stürzten sie in die Dunkelheit – eingesaugt in den riesigen Abfluss, durch den Tausende Kubikmeter Wasser aus der Blauen Zone strömten.

IN DER SCHROTTKAMMER

Mason übergab sich heftig. Müsste sein Magen nicht allmählich leer sein?, fragte sich Dev angewidert.

Lot rümpfte die Nase, denn es roch wirklich eklig. Auch ihr ging es nicht allzu gut nach dem Schleudergang, den sie hinter sich hatten. Sie waren eine gefühlte Ewigkeit in der Dunkelheit herumgewirbelt worden.

Doch dann war die gigantische Wassersäule, die sie mitgerissen hatte, durch das Bodengitter abgeflossen und das U-Boot, an dem sich Dev und Lot immer noch festklammerten, landete in der Schrottkammer.

Genauer gesagt glitt es mit dem letzten Wasserschwall durch ein Rohr auf einen großen Haufen Gerümpel im hinteren Teil der riesigen Lagerhalle.

Dev war schon öfter hier gewesen. In dem Bereich, in dem sie sich befanden, türmten sich allerlei aussortierte Dinge: Fahrzeuge, Bootsrümpfe, Computer, Monitore. Es war eine Art Technologie-Friedhof voller Dinge aus aller Welt, die das Militär oder Forschungseinrichtungen loswerden wollten oder die aus den geheimen Werkstätten genialer Erfinder stammten. Das ganze Zeug kam hierher, um sortiert und dann eingelagert, wiederverwertet oder vernichtet zu werden.

Dev hatte ganz vergessen, dass die Abflussgitter der gesamten Anlage mit Filtern versehen waren. Auch kleinste, möglicherweise wertvolle Gegenstände landeten in dieser Halle. Und die Filter sorgten dafür, dass nicht mal der kleinste Mikrochip versehentlich weggespült wurde.

Diese Filter hatten ihnen das Leben gerettet.

In der anderen Hälfte der Halle waren Dinge ordentlich aufgestapelt, die gerade bearbeitet wurden – eine zeitaufwendige Prozedur, die Charles mit Eemas Hilfe durchführte. Gelegentlich stießen sie dabei auf einen Schatz. Hier war die Eisenfaust in einem Haufen Gerümpel entdeckt worden, das von einem stillgelegten russischen Militärstützpunkt stammte.

Mason richtete sich auf, streckte sich und holte tief Luft. »Das war nötig«, seufzte er und musterte Dev. »Alles in Ordnung? Du siehst schlimmer aus, als ich mich fühle.«

Dev lächelte. »Danke, dass du mich vorhin gerettet hast.« Die Worte kamen ihm nur schwer über die Lippen, aber er musste sein Gewissen erleichtern. »Tut mir leid, was ich gesagt habe. Dass ich dich einen Verräter genannt habe.«

Masons Mundwinkel verzogen sich zu einem schiefen Lächeln. »Ich dachte, ich schulde dir was.«

Lot klatschte in die Hände. »Super! Endlich seid ihr Freunde!«

Dev und Mason widersprachen gleichzeitig: »So weit würde ich nicht gehen!«

Da mussten alle drei lachen. Es half Dev, einen Teil der Schuldgefühle loszuwerden, die er wegen seines Onkels empfand.

»Du hättest Mase sehen sollen«, berichtete Lot aufgeregt. »Das U-Boot war hinter uns her und wir sind auf ein paar Regale zugeschwommen ...«

»Also, ich bin ihr einfach gefolgt«, bemerkte Mason bescheiden. »Unter Wasser ist sie so was wie eine abgefahrene Meerjungfrau.«

»Na ja, und du bist eher ein sehr langsamer Wal.« Mason tat so, als wäre er beleidigt. »Auf jeden Fall hat uns der Blödmann in dem U-Boot verfolgt. Oder vielmehr, er hat *mich* verfolgt.«

»Ja, an mir steuerte er direkt vorbei. Ich hatte mich hinter irgendwelchem Schrott versteckt ...«

Dev konnte sich eine spitze Bemerkung gegen Mason nicht verkneifen. »Du hinter Schrott? Das passt ja.« Irgendwie machte es ihm aber nicht so viel Spaß wie zuvor.

Lot fuhr fort. »Das Ding ist uns also zwischen die Regale gefolgt.« Mit beiden Händen deutete sie an, wie eng der Gang gewesen war. »Und es ist natürlich stecken geblieben.«

»Genau vor meiner Nase«, fügte Mason stolz hinzu. »Ich habe den Hebel sofort gesehen.« Mit einer Handbewegung zeigte er den Abstand zwischen sich und besagtem Hebel an. »Ein Notausstieg. Ich habe ihn ausgelöst und – BÄMM! Überall Luftblasen!«

»Er hat den Schleudersitz betätigt und den Fahrer rausgeschossen!« Lot lachte so sehr, dass ihr die Augen tränten. Auch Mason prustete los und spielte vor, wie der Kerl an die Oberfläche katapultiert worden war. Dev wartete geduldig, bis die beiden ihren Lachanfall überwunden hatten.

Mason riss sich zusammen. »Ich bin zum Cockpit geschwommen. Da gibt es einen Hebel, der die Kuppel versiegelt und das Wasser herauspresst. Von da an war es mein U-Boot. Es war total einfach, es zu fahren, so ähnlich wie ein Computerspiel.«

»Und da er ein so lausiger Schwimmer ist, war es schon okay, dass er das Ding fährt«, sagte Lot und zwinkerte Mason zu. »Wir haben es aus dem Gang befreit ...«

»Und kamen zurück, um dich zu retten«, beendete Mason ihren gemeinsamen Bericht.

»Ich bin beeindruckt«, sagte Dev und meinte es ernst. »Ich vermute, das macht uns offiziell zu einem Team?«

Lot nickte heftig. »Ich denke schon.« Ihre Stimme wurde leiser. »Ich bin sicher, dass es deinem Onkel gut geht. Ich habe Leute auftauchen sehen.«

Dev zwang sich ein Lächeln ins Gesicht. So leicht wurde er seine Schuldgefühle nicht los.

Lot setzte sich neben ihn und legte ihm eine Hand auf den Arm. »Er ist bestimmt okay. Die fiesen Typen leider auch. Was hat dein Onkel zu dir gesagt?«

Dev starrte auf seine Füße. »Mein Onkel hat ausgesehen, als würde er mich hassen. Als wäre das alles meine Schuld. Er schien zu glauben, dass der Collector ihn als Köder benutzt hat, um mich zu kriegen. Ich denke ... ich weiß, das klingt verrückt ... aber ich werde das Gefühl nicht los, dass ich irgendwie mit der Eisenfaust verbunden bin. Einer der Kerle hat mich danach gefragt.«

Lot runzelte die Stirn. »Wie kann das sein? Du hattest doch bis heute noch nie davon gehört.«

»Ich wünschte, wir könnten Kontakt zu Eema aufnehmen. Dann könnte ich mehr erfahren oder wenigstens dem Rettungsteam eine Nachricht zukommen lassen.«

»Welches Rettungsteam?«, fragte Mason sofort.

»Das Welt-Konsortium hat eine Einsatztruppe geschickt. Sie hat die Farm gesichert, kann jedoch nicht ins Inventory eindringen. Aber sie benutzt einen ENS.«

»Was soll das denn sein?«, fragte Lot.

»ENS ist die Abkürzung für einen Extrem-Niedrigfrequenz-Sender. Die verwenden wir auch hier unten, wenn mein Onkel mit mir reden will.« Er wackelte mit der Hand, an der er seine Uhr getragen hatte. »Damit kann man Nachrichten sogar durch Wasser und Gestein senden.«

Lot stand auf und war plötzlich voller Tatendrang. »Wenn die versuchen, hier unten jemanden zu erreichen, müssen wir antworten, stimmt's?«

Dev seufzte. »Dazu brauchen wir ebenfalls einen Sender. Aber ohne meine Uhr ...« Er zuckte mit den Schultern.

Lot gab ihm einen Klaps gegen den Hinterkopf.

»Au! Was soll das?«

»Für ein Genie bist du manchmal wirklich ziemlich dämlich. Ich habe überlegt, ob es vielleicht *irgendeinen* Ort gibt, an dem alle Teile herumliegen, die man für so ein Niedrigfrequenz-Dings braucht.« Sie streckte den Arm aus und deutete auf die Berge von Elektroschrott. »Komm schon! Du bist klüger als ich, aber sogar ich bin darauf gekommen.«

Dev sah sich um. In der Schrottkammer gab es tatsächlich alles, was er brauchte. Jetzt sprang auch er auf und war Feuer und Flamme.

»Ich bin nicht klüger als du«, versicherte er ihr grinsend. »Ich weiß nur mehr nutzloses Zeug. Und meine Dämlichkeit ist manchmal wirklich nicht zu überbieten.«

LAUSCHANGRIFF

Soldat Gamble saß vor der großen ENS-Kontrolleinheit. Auf dem Touchscreen waren Wellenmuster zu sehen, die die gesendeten Niedrigfrequenzwellen darstellten. Gamble lauschte auf jede noch so geringe Reaktion. Um die Verbindung herzustellen, benutzten sie keine Antennen oder Satellitenschüsseln, sondern Kabel, verbunden mit großen Kuppeln, die im schneebedeckten Boden verankert worden waren. Diese Schallkuppeln erzeugten so tiefe Töne, dass Menschen sie nicht wahrnehmen konnten. Einige Tiere konnten sie hören, und Gamble musste schmunzeln, als er an ein Erlebnis in Afrika zurückdachte. Beim Einsatz der ENS-Technik war er eines Nachts eingenickt, und als er wieder aufwachte, hatten sich einige Dutzend neugierige Elefanten um ihn versammelt.

Während Gamble zusah, wie der letzte Gefangene zu einem der Chinook-Hubschrauber geführt wurde, empfing er über seine Kopfhörer ein deutliches Signal. Er rückte die Hörer zurecht und lauschte angestrengt. Es war eine eindeutige Folge von kurzen und langen Tönen – Morsezeichen.

Jemand sendete von unten ein SOS.

ERSTER KONTAKT

Dev sah, wie Lot immer wieder auf das Touchpad des Laptops tippte. Er hatte ihn mit einem alten Sender verbunden, den er in einer merkwürdigen Maschine gefunden hatte. Sie hatte in dem Gerümpelhaufen gesteckt. Am vorderen Ende saß ein großer Bohrer und in der zylindrischen Kabine dahinter hatten zwei Personen Platz. Dev vermutete, dass irgendein verrückter Erfinder das Gerät gebaut hatte, um damit zum Mittelpunkt der Erde vorzudringen. Viel wichtiger war aber, dass sich darin ein Bakelitradio aus den 1940er-Jahren befand, das er verwenden konnte.

Er reparierte rasch ein paar Riesenlautsprecher, die vermutlich von einem Rockkonzert stammten, und verband alles mit dem Silberpapierstreifen aus seiner leeren Kaugummipackung, den er mit einem Lötkolben festschmorte. Es war kein Meisterwerk, aber er war ziemlich sicher, dass sein selbstgebauter Niedrigfrequenzsender funktionieren würde.

Lot tippte immer wieder dieselbe Folge. Dreimal kurz, dreimal lang, dreimal kurz. Wieder und wieder. Das Morsezeichen für SOS, das internationale Notsignal.

Dev war beeindruckt. »Du kannst morsen?«

»Mein Dad hat darauf bestanden, dass ich bei den Pfadfindern und dem Fliegernachwuchs-Klub mitmache. Da lernt man einen Haufen unnützes Zeug.«

»Unnützes Zeug, das uns vielleicht das Leben rettet.«

»Und was ist mit dir? Du kriegst alles repariert. Wer kann so was schon?«

Mason lachte. »Du müsstest mal bei mir vorbeikommen. Bei uns liegt so viel kaputter Kram herum ... wenn du das alles reparierst, könnte ich auf E-Bay ein Vermögen verdienen.«

Dev war verlegen. So viele Komplimente hatte er noch nie bekommen.

»Mein Onkel hat mir die Grundlagen beigebracht ...«, murmelte er. Er wusste nicht, wie er seine Begabung erklären sollte, und deshalb war diese Ausrede so gut wie jede andere.

»Du sprichst viel von deinem Onkel«, bemerkte Lot so taktvoll, wie sie nur konnte. »Was ist mit deinen Eltern?«

»Meinen Vater kenne ich nicht und meine Mom ist schon vor langer Zeit verschwunden.«

»Verschwunden?«

»Mein Onkel sagt, dass sie ohne jede Erklärung fortgegangen ist. Aber er redet eigentlich nie darüber.« Devs Blick schweifte in die Ferne und er versuchte, sich alle Erinnerungsfetzen an seine Mutter ins Gedächtnis zu rufen. »Ich kann mich vage an sie erinnern, aber manchmal kommt es mir vor wie ein Traum. Ich weiß nicht einmal mehr, wie sie ausgesehen und auch nicht, wie ihre Stimme geklungen hat ... Vielleicht bilde ich mir alles nur ein.« Er verstummte.

»Dein Onkel hat doch bestimmt ein paar Familienfotos«, sagte Lot. »Dann weißt du zumindest, wie sie aussieht.«

»Er hält nichts von Gefühlsduselei. Ich bin ziemlich sicher, dass er keine Fotos aufgehoben hat.«

»Hey«, mischte sich Mason ein. »Die Linie spielt verrückt.« Er zeigte auf den runden grünen Bildschirm des uralten Oszilloskops, das Dev an das Radio angeschlossen hatte. Die Linie, die sich bisher nicht bewegt hatte, zeigte jetzt gezackte Spitzen und Täler.

Dev stieß Lot aufgeregt an. »Jemand antwortet uns!« Er drehte am Lautstärkeregler, aber der Ton war schon voll aufgedreht. »Wieso hören wir sie nicht?«

Mit den Fingerspitzen fuhr er über die selbst gebaute Verdrahtung. Alles schien dort zu sein, wo es hingehörte, doch dann entdeckte er, dass sich zwei Drähte gelöst hatten, die er anscheinend nicht fest genug zusammengedreht hatte. Er befestigte sie wieder und bekam dabei einen leichten elektrischen Schlag. Aber das war es wert, denn jetzt kam unter viel Geknister die Stimme einer Frau aus den Lautsprechern.

»Bitte kommen. Wiederhole. Hier spricht Sergeant Wade von der Einsatztruppe des Welt-Konsortiums für denjenigen, der das SOS sendet; bitte kommen.«

Lot drückte Dev das Mikrofon in die Hand. Es stammte aus einem batteriebetriebenen Walkie-Talkie, das Mason gefunden hatte.

»Sergeant Wade, wir hören Sie.« Devs Stimme war vor Aufregung ganz zittrig.

»Devon? Bist du das?«, meldete sich Wade.

Dev runzelte die Stirn. »Woher kennen Sie meinen Namen?«

Wade lachte erleichtert auf. »Wir wissen alles über dich und deinen Onkel, Devon. Ein Teil unserer Mission ist es, über das Inventory zu wachen.«

»Nun, ich bin froh, Sie zu hören! Und es heißt übrigens Dev und nicht Devon.«

»Alles klar, Dev. Ist dein Onkel bei dir?«

»Nein. Hier sind nur Lot und Mason, zwei Fr... Freunde von der Schule.« Das Wort Freunde fühlte sich ganz fremd an. »Wir haben es bis in die Schrottkammer geschafft.«

»Ist dein Onkel noch am Leben?«

Dev zögerte. Er hoffte es. Andernfalls würde er sich das nie verzeihen. »Ja. Sie haben ihn als Geisel genommen.«

»Es ist sehr wichtig, dass du dich von den Dieben fernhältst. Verstanden?«

»Das versuchen wir. Aber sie sind bewaffnet. Sie haben Eema lahmgelegt und sind bereits in die Blaue Zone vorgedrungen. Sie sind hinter der Eisenfaust her.«

Wades Tonfall änderte sich sofort. »Was weißt du über die Eisenfaust?«

»Nur was ich wissen muss – also überhaupt nichts!«, fauchte Dev. »Eema hat bloß gesagt, dass ich verhindern muss, dass die Typen sie bekommen.«

»Genau das müsst ihr tun.«

Bevor Dev etwas sagen konnte, sprach Mason. »Moment mal. Wir? Sind Sie nicht die kampferprobten Typen? Warum kommen Sie nicht hier runter und holen uns raus?«

»Ich vermute, du bist Mason Kermit McDermott?«

Dev und Lot konnten sich ein Grinsen nicht verkneifen. *Kermit?*

Mason funkelte die beiden genervt an. »Meine Mutter mag den Namen.«

»Kein Wunder, dass du ständig so miese Laune hast«, stichelte Dev.

Wade fuhr fort. »Das ist einfach zu erklären, Mason. Wir kommen nicht rein. Dafür hat das Shadow-Helix-Team gesorgt. Aber ihr könnt raus, und zwar mit dem …«

»Teleporter in der Roten Zone«, beendete Dev ihren Satz.

»Ganz genau«, bestätigte Wade.

Dev seufzte. Das war typische Inventory-Logik – um sich in Sicherheit zu bringen, musste man sich noch größeren Gefahren aussetzen.

Wade fuhr fort. »Seht es so: Ihr seid bereits in der Schrottkammer. Die Rote Zone liegt direkt daneben. Sobald ihr drin seid, könnt ihr raus.«

»Bei Ihnen klingt das so einfach«, bemerkte Dev trocken.

Wade zögerte kurz, bevor sie weitersprach. »Ihr müsst noch einige Hindernisse überwinden.« Dev schloss die Augen und schwieg. »Wir wollen, dass ihr die Eisenfaust findet und mit nach draußen bringt. Die Diebe dürfen sie auf keinen Fall in die Finger bekommen.«

»Wie schwierig soll das schon sein?«, bemerkte Lot zuversichtlich. Sie war froh, dass der ganze Stress bald ein Ende hatte.

»Du wirst dich wundern«, murmelte Dev kaum hörbar.

Wade war noch nicht fertig. »Es ist überaus wichtig, dass ihr die Eisenfaust *nicht* aktiviert, was immer auch geschieht. Bringt sie einfach mit nach oben. Und fasst dadrin nichts anderes an. Die Dinge in der Roten Zone gelten aus gutem Grund als gefährlich.«

Mason sah die beiden anderen verdutzt an. »Und der ganze andere Kram soll *harmlos* sein?«

»Noch etwas.« Wades Stimme wurde etwas leiser. »Die

Eindringlinge haben Eema ausgeschaltet, damit sie ihnen nicht im Weg ist. Das bedeutet, sobald ihr in der Roten Zone seid, ist Eemas körperliche Form nichts anderes als ein automatisierter Kampfhund. Keine künstliche Intelligenz, nichts, mit dem man diskutieren kann. Das Basis-Sicherheitssystem des Inventorys wird euch als Feinde ansehen und Eema ist nicht da, um das zu verhindern. Wenn ihr in die Rote Zone kommt, werdet ihr vernichtet.«

DIE LETZTE TÜR

Sofort nach Ende der Übertragung begannen Dev und Lot, in der Schrottkammer herumzustöbern und Dinge zusammenzusuchen, die sie brauchen oder aus denen sie etwas Sinnvolles basteln konnten.

Lot sah staunend zu, wie Dev die verschiedenen Teile auf dem Boden ausbreitete, sie etwa eine Minute lang betrachtete und dann anfing, sie zusammenzubauen. Seine Hände bewegten sich flink und er schien nicht über das nachzudenken, was er tat.

»Ich bin nicht blöd, Dev«, meinte sie schließlich. »Es ist total ausgeschlossen, dass dein Onkel dir das alles beigebracht hat.« Sie musste wieder daran denken, wie er mit den Fingern das Türschloss der Kantine betastet hatte. »Dahinter steckt mehr. Wenn du Dinge berührst ... kannst du sie kontrollieren.«

Dev unterbrach seine Arbeit. »Nein, kontrollieren stimmt nicht. Ich kann *spüren,* wie sie funktionieren. Synästhesie.«

Sie schüttelte den Kopf. »Von denen habe ich noch nie gehört. Was machen die für Musik?«

Dev verzog das Gesicht. »Meine Nerven sind irgendwie anders verkabelt. Meine Sinne funktionieren nicht so wie bei anderen Leuten; wenn ich zum Beispiel etwas anfasse, höre ich Geräusche ... oder ich sehe etwas, wenn ich bestimmte Sachen höre.« Lot sah ihn an, als wartete sie auf die Pointe seines Witzes. Dev seufzte. »Bei manchen Leuten blitzen Farben in ihrem Kopf auf, wenn sie Zahlen sehen. Ihnen fällt Mathe genauso leicht, als müssten sie Farben mischen. Sie können riesige Rechenaufgaben im Kopf lösen, ohne darüber nachzudenken.«

»Echt?«, sagte Lot, doch es war klar, dass sie es nicht wirklich verstanden hatte.

»Andere fühlen eine Form oder eine bestimmte Oberfläche und hören ein Geräusch. Wenn sie etwa ein Spielzeugauto anfassen, denken sie nicht, dass es irgendwie eckig ist und runde Räder hat. Sie hören eine Reihe von Tönen, die das Auto *für sie* perfekt beschreibt.«

Lot starrte ihn so fassungslos an, dass er lachen musste. »Ich weiß. Klingt total bekloppt, aber es ist wahr. Meine Fähigkeit ist ein bisschen von beidem. Wenn ich elektronische oder mechanische Dinge betrachte, sehe ich Farben und höre Töne. Fast wie Musik. Wenn die Farben nicht zusammenpassen oder sich die Musik schräg anhört, weiß ich, dass das Teil nicht in Ordnung ist. Um es zu reparieren, muss ich die Farben und Töne dazu bringen, miteinander zu harmonieren.«

»Ich will ja nicht sagen, dass das verrückt klingt, aber ...«

»Ich weiß. Ich habe Jahre gebraucht, bis ich gemerkt habe, dass es nicht normal ist. Aber zumindest erkenne ich, wie Dinge funktionieren und wie ich sie wieder hinbiegen kann. Ich taste mich einfach voran und daraus entstehen dann Sachen wie das hier.« Er hielt das Teil hoch, das er während ihrer Unterhaltung zusammengebaut hatte. Es war ungefähr so lang wie ein Raketenwerfer und an beiden Enden befanden sich Trichter. »Eine nicht tödliche Waffe natürlich.« Er legte sie Lot auf die Schulter.

»Was kann sie?« Lot zielte damit auf Mason, der ihnen den Rücken zudrehte und in dem alten Gerümpel herumstöberte.

Dev stieß den Lauf zur Seite. »Ich sagte nicht tödlich, aber ich bin ziemlich sicher, dass es wehtut. Es ist eine Luftkanone.« Er zeigte auf den hinteren Trichter. »Hier wird die Luft mit hoher Geschwindigkeit angesaugt.« Er fuhr mit der Hand zur Mitte der Kanone. »Hier ist eine Kammer, in der sie verdichtet wird. Und wenn du den Abzug drückst ...«

Lot drückte den Abzug. Es klang wie das Knallen eines Sektkorkens, nur dumpfer. Eine schimmernde Ladung gepresster Luft schoss über das Gerümpel und traf schließlich einen alten Geländewagen mit solcher Wucht, dass sich das Auto überschlug und auf dem Dach landete.

Mason sprang erschrocken auf und sah Lot empört an.

»Wow«, sagte sie grinsend. »Das war cool.«

»Diese Schallkanonen haben mich auf die Idee gebracht. Mit etwas Glück brauchen wir sie gar nicht, aber Vorsicht ist besser als Nachsicht.«

Sie gingen zu Mason und sahen sich gemeinsam in der riesigen Halle um. Sie erinnerte entfernt an eine Höhle und die Luftfeuchtigkeit war so hoch, dass ihnen Nebelschleier die Sicht auf die hintere Wand nahmen. Der Dunst war wie eine tief hängende Wolkendecke. Sie konnten nur mit Mühe ein weiteres rundes Tor entdecken, das so groß war, dass ein ganzes Haus hindurchgepasst hätte.

»Da ist die Rote Zone.«

»Und du warst noch nie dadrin?«, fragte Mason.

»Noch nie.«

»Also weißt du auch nicht, was uns dort erwartet?«

»Nein.«

»Oder wie wir reinkommen?«

»Keine Ahnung.«

Lot und Mason sahen sich ratlos an. »Worauf warten wir?«, sagte Lot. »Lasst uns den sichersten Tresor im sichersten Gebäude der Welt knacken.«

Je näher sie der Tresortür kamen, desto langsamer wurden Mason und Lot. Wie die anderen Tore war auch dieses hier rund. Es war jedoch viel größer, so groß, dass die obere Hälfte im Nebel verschwand. Rechts neben der Tür befand sich ein kleiner Handscanner. Dev betrachtete ihn, wagte aber nicht, ihn zu berühren.

»Solltest du es nicht mit deinem Handabdruck versuchen?«, schlug Mason vor.

Dev schüttelte den Kopf. »Mein Onkel hat mir streng verboten, diesen Bereich zu betreten, unter keinen Umständen. Im besten Fall berühre ich diesen Scanner und der Collector weiß genau, wo wir sind.«

Lot wirkte nervös. »Und im schlimmsten Fall?«

»Werden wir, weil Eema abgeschaltet ist, selbst zur Zielscheibe.«

Mason lachte auf, doch er hörte sich ziemlich ängstlich an. »Na und? Wir sind mit diesen fiesen Typen fertiggeworden. Dann kriegen wir auch deine rollende Blechbüchse klein.«

»Aber in diesem Fall haben wir es mit einer Blechbüchse zu tun, die über Waffen verfügt, die so schrecklich sind, dass das Welt-Konsortium entschieden hat, dass keine Armee der Welt sie jemals in die Finger bekommen darf.«

»Deine Blechdose ist ja übel drauf«, sagte Lot.

Dev sah, wie die Farbe aus Masons Gesicht wich. Sein Kampfgeist schwand zusehends. »Wieso machen wir das alles noch mal? Können wir uns nicht einfach verstecken? Ich meine, wer würde uns denn einen Vorwurf machen, wenn wir die Typen nicht daran hindern, sich die Eisenfaust zu schnappen?«

»Wir machen es, weil die Eisenfaust viel schlimmer ist als alles, was wir bisher durchmachen mussten.«

Plötzlich hallte ein tiefes Dröhnen durch das Lager. Sie fuhren herum und starrten in den Nebel.

»Das war die Tür der Blauen Zone«, flüsterte Dev. »Sie sind hier.«

»Kannst du deine Synästhesie benutzen, um die Tür zu öffnen?«, fragte Lot und drehte sich wieder zu dem Tor um.

»Ich bin nicht Superman«, erklärte Dev. »Ich kann mich nicht mit der Kraft meiner Gedanken in einen Computer hacken.«

Ihm kam eine Idee. Er bewegte sich rückwärts von der Tür weg, um einen Blick auf das ganze Ding zu bekommen.

»Was machst du?«, zischte Lot. »Die werden gleich hier sein!«

»Ich trete einen Schritt zurück, um das Problem aus einem neuen Blickwinkel zu sehen«, erklärte Dev. »Mein Onkel sortiert diesen Krempel ganz allein. Wisst ihr, wie er das macht?«

Dev starrte hinauf zur Decke, wo kräftige Strahler den Dunst durchdrangen wie winzige Sonnen.

»Keine Ahnung«, sagte Lot.

Dev lächelte. »Dann werde ich es dir zeigen.«

EINE HELFENDE HAND

Lee betrachtete das Tor zur Roten Zone und stieß einen leisen Pfiff aus. »Was für ein Riesending. Da wird man doch echt neugierig, was sich dahinter befindet.« Er drehte sich zu seinen Leuten um. Sie waren alle versammelt, um durch das letzte Tor zu gehen, hielten aber respektvoll Abstand.

Charles zuckte mit den Schultern. »Die machtvollsten Dinge, die jemals erschaffen wurden. Auch wenn manche davon auf den ersten Blick ziemlich unscheinbar wirken.«

Lee tippte auf seine Uhr. Sofort erschien ein Bild des Collectors. »Sir, wir haben das letzte Tor erreicht.«

Der Collector klang ungeduldig. »Wurde auch Zeit. Was ist mit den Kindern?«

Zum ersten Mal spürte Lee, wie ihm kalter Schweiß über den Rücken lief. Er zögerte. »Sie sind ... aus dem Weg.«

Das Schweigen des Collectors war bedrohlich und Lee fügte hastig hinzu: »Bevor wir gleich drin sind, wollte das Team wissen, wie wir die letzte Phase abschließen.«

»Findet die Eisenfaust und bringt sie mir. Wir treffen uns draußen. Danach regelt sich alles andere von selbst.«

Das Hologramm des Collectors verschwand. Lee holte tief

Luft und bemerkte, dass Charles ihn mit dem Anflug eines Lächelns musterte.

»Was gibt's da zu grinsen?«, fuhr Lee ihn an. Mit dem Daumen deutete er auf die Tür. »Aufmachen.«

Fermi trat vor den Handflächenscanner. Auf der Metallplatte stand keine Gebrauchsanweisung. Sie holte einen kleinen Kasten aus ihrem Rucksack, etwa so groß wie ein Schuhkarton.

»O. k., Mann.« Sie winkte Charles zu sich. »Herkommen.«

Charles wusste, dass es sinnlos war, sich zu widersetzen. Er hatte keine Ahnung, was sie von ihm wollte. Sie steckte seine Hand in ein rundes Loch an einem Ende des Kastens. »Entspannen Sie sich.«

Im Kasten zuckte ein blauer Blitz auf und Charles zog hastig seine Hand zurück. In einer flachen Schale auf der Oberseite des Kastens bildete sich eine fleischfarbene Pfütze. Es dauerte einen Moment, bis Charles erkannte, dass es sich um menschliche Haut handelte. »Sie machen einen 3-D-Druck von meiner Hand?«

»Jeder Fingerabdruck, jede Narbe, jede Riefe und jeder Wirbel«, bestätigte Fermi. »Aber es ist nicht nur ein Druck ...«

Sie sahen, wie sich auf dem Gerät eine ganze menschliche Hand formte. Das Handgelenk war allerdings nur ein unförmiger Fleischklumpen. Fermi nahm die Hand und winkte Charles damit zu. Die Finger krümmten und bewegten sich. Er war beeindruckt – und es brauchte eine Menge, um Charles Parker zu beeindrucken.

»Es ist eine exakte *lebendige* Kopie. Zumindest lebt sie ein paar Minuten. Das ist die nächste Generation nach dem Klonen. Mittlerweile können wir Menschen ausdrucken.«

Charles konnte seine Verblüffung nicht verbergen. »Unglaublich!«

Lee schüttelte den Kopf. »Sie waren viel zu lange hier unten, Professor. Die Welt oben entwickelt sich schneller weiter als der Plunder, den Sie hier zusammengetragen haben.« Er nahm Fermi die Hand ab. Die Finger versuchten, nach ihm zu greifen; es sah beinahe aus, als müsste er einen wütenden Krebs bändigen.

»Mein Befehl lautet, Sie so lange am Leben zu halten wie möglich. Irgendjemandem da oben muss etwas an Ihnen liegen.« Lee wedelte mit der Hand vor Charles herum. »Aber das bedeutet nicht, dass Sie uns keine helfende Hand reichen könnten.«

Er gab die Kunsthand an einen Söldner weiter, der sie sorgfältig auf den Scanner drückte. Ein Laser tastete sie ab, sie zuckte ein wenig. Eine Sekunde lang leuchtete der Scanner grün und Eemas Stimme sagte: »Professor Charles Parker identifiziert.« Dann schoss Starkstrom durch den Scanner. Es gab ein scharfes Knacken und der Söldner wurde pulverisiert. Das plötzliche, gewaltsame Ereignis schockierte Charles. Auch Lee brauchte einen Moment, um sich zu fangen.

»Wow. Mir scheint, Ihr eigenes Sicherheitssystem will Sie töten.« Der verdutzte Gesichtsausdruck seines Gegenübers brachte Lee zum Lachen. »Offenbar gibt es ein paar Leute, die mehr über das Inventory wissen als Sie. Was, wenn ein paar Bösewichte hier einbrechen würden« – er deutete auf sein Team – »und Sie dazu benutzten, jedes Schloss zu knacken? Dann wäre das System nicht mehr sicher, oder? Und sobald das System erkennt, dass Sie mit dem Feind kollaborieren« – er deutete eine Explosion an –, »sind Sie plötzlich Teil des Problems.«

Fermi runzelte die Stirn. »Wenn Sie das gewusst haben, was wollten Sie dann erreichen?«

Lee zuckte mit den Schultern. »Versuch macht klug.« Mit einer Kopfbewegung deutete er auf die Tür.

Die *bewegte* sich plötzlich an der Wand entlang. Das ganze Tor wanderte zur Seite, ohne ein Loch zu hinterlassen, als wäre es einfach nur ein Bild, das sich über einen Monitor bewegt. Noch während sie zusahen, tauchten drei weitere Türen auf, eine davon einen halben Meter über dem Boden, eine im zweiten Stock und die dritte irgendwo dazwischen.

Charles lächelte wissend, als Lee die vier Tore betrachtete.

Dann erkannte Lee, was los war, und wackelte mit einem Finger in der Luft. »Alles klar – holografische Projektionen, stimmt's?«

»Es sind Projektionen«, bestätigte Charles. »Aber aus fester Materie. Nur eine von ihnen führt in die Rote Zone und nein, ich weiß nicht, welche es ist. Die drei neuen Tore sind ebenfalls echt, aber ich kann Ihnen versichern, dass *sie* in den sicheren Tod führen.«

»Das bedeutet also, dass Ihr lästiger Neffe noch nicht drinnen ist, richtig?« Lee grinste verächtlich. »Der elektrische Schlag, diese Materieprojektionen. Nichts davon wäre aufgetreten, wenn er schon durchgebrochen wäre. Was beweist, dass wir ihm diesmal einen Schritt voraus sind.«

Charles lächelte, was Lee beunruhigend fand. Sein Blick wanderte über die Gerümpelhaufen und scannte den Raum nach irgendeiner Bewegung ab. »Das heißt, sie könnten uns dicht auf den Fersen sein.«

Mit einem Kopfrucken deutete Lee in die Richtung, aus der sie gekommen waren. Die Söldner verstanden den Hinweis sofort und suchten mit den Waffen im Anschlag die Schrottberge ab.

Doch in der ganzen Halle rührte sich nichts.

»Vielleicht haben sie aufgegeben?«, überlegte Volta. Er trat einen Schritt vor. Es war sehr feucht in dieser Halle; offenbar waren die Erbauer der Meinung gewesen, dass ein Haufen Schrott keine teure Klimaanlage brauchte. Volta lief Schweiß in die Augen. Er blinzelte hastig und übersah deswegen beinahe den Gegenstand, der durch den Hochnebel auf ihn herabsauste.

Volta erkannte, dass es sich um einen riesigen Greifer handelte, wie man ihn üblicherweise auf Schrottplätzen benutzte. Dieser hatte allerdings bewegliche Tentakel, mit denen man jedes nur denkbare Teil packen konnte.

Oberhalb des Greifers hockten drei Personen, die sich an das dicke Metallkabel klammerten, das den Greifarm absenkte.

Lee zeigte auf sie und brüllte: »Da sind sie! Knallt sie ab!«

Volta hatte Mühe, mit Schweißtropfen in den Augen das Ziel anzuvisieren. Er feuerte blindlings und seine Schallkanone riss große Fetzen aus den herabhängenden Tentakeln. Er wischte sich mit dem Handgelenk den Schweiß aus den Augen und zielte erneut – doch der Greifer war schon fast über ihm. Die Tentakel fuhren in der Luft herum und boten guten Schutz gegen das Feuer der Bodentruppe.

Die wild herumschlagenden mechanischen Tentakel trafen zwei der Söldner. Charles, der rechtzeitig in Deckung gegangen war, hörte Rippen brechen, als sie quer durch den Raum geschleudert wurden.

Eine weitere Schallwellen-Salve verfehlte den Greifer und verschwand in den Nebelschwaden, wo sie von unten nicht sichtbare Deckenplatten traf, die kurz darauf herunterstürzten und weitere Söldner unter sich begruben.

Obwohl rund um ihn herum das Chaos herrschte, konnte sich Charles ein Grinsen nicht verkneifen. Dev bewies wirklich erstaunlichen Einfallsreichtum, was zweifellos an der hervorragenden Ausbildung lag, die er seinem Neffen hatte zukommen lassen.

Vielleicht war der Junge doch kein vollkommener Versager ...

WELCHE TÜR IST DIE RICHTIGE?

Dev klammerte sich verzweifelt an das Teleskopkabel. Schallwellenschüsse zischten vorbei und weitere Stücke der Deckenverkleidung prasselten herab. Er hatte die Augen fest geschlossen und die schnelle Fahrt nach unten drehte ihm den Magen um.

»Du kannst die Augen wieder aufmachen«, sagte Lot.

Es war Devs Idee gewesen, mit einem der vielen Greifer, die überall in der Schrottkammer von der Decke hingen, nach oben zu fahren. Sie dienten dazu, schwere Gegenstände anzuheben, von Autos bis hin zu Schiffen. Der dichte Nebel war die perfekte Tarnung.

Das einzige Problem war jedoch, dass Dev nicht vorausgesehen hatte, was diese Aktion mit seiner Höhenangst machen würde. Es war viel schlimmer als die Kletterei an den Regalen und er hatte vom ersten Moment an die Augen fest zugekniffen. Leider war er dadurch versehentlich an den Regler gekommen, der sie abrupt zu Boden und auf die Diebe rauschen ließ.

Ein spitzer Ellbogen stieß in seine Rippen und Lot zischte ihm ins Ohr: »Dev! Wir müssen raus aus diesem Ding!«

Dev hielt den Atem an und öffnete die Augen. Sie befanden sich jetzt nur noch rund ein Stockwerk über dem Gerümpel, aber Dev war weiterhin schlecht. Seine Hände waren schweißnass. Der ganze Greifer erbebte unter den Schallwellenschüssen von unten, die allerdings nur die Tentakel aus massivem Titan trafen. Dev kämpfte gegen seine Übelkeit an und erst jetzt drang Lots Stimme zu ihm durch.

»Dev! Konzentrier dich! Welche Tür?«

Dev zwang sich, die Augen offen zu lassen. Er betrachtete die Materieprojektionen der Tür. Eemas Tipps waren wirklich nicht sehr hilfreich.

Doch plötzlich fiel ihm auf, dass auf den Handscannern der Türen Logos eingraviert waren. Sie waren alle unterschiedlich. Ein Kreis, ein Viereck, ein Dreieck – und dann entdeckte er das Sechseck.

»Die Sechserregel«, murmelte er. »Das muss die richtige Tür sein.« Sie befand sich etwas oberhalb und ein Stück rechts von ihnen. Er zeigte darauf. »Diese muss es sein!«

Mason schob Dev von den Reglern weg. »Setz dich bloß nicht noch mal irgendwo drauf!«

»Das liegt an der Höhe ...«, murmelte Dev verlegen. Er hatte sich in das Programm des Greifers gehackt. Normalerweise steuerte Charles das System über sein Handy. Dev war mit den Fingern über die Verkabelung und die Hydraulik gefahren und hatte nur zwei Minuten gebraucht, um herauszufinden, wie er das Ding bedienen musste.

Jetzt drückte Mason den Joystick nach hinten und nach rechts. Der Greifer bewegte sich so schnell, dass ihr Magen einen Satz machte und sie nach hinten geworfen wurden.

»Ramm sie!«, brüllte Dev.

Mason drehte den Greifer und schwang ihn direkt auf das

Tor zu. Er wurde immer schneller und die Tür sah furchtbar massiv aus.

»Festhalten!«, schrie Mason und schloss die Augen.

Dev verzog keine Miene, aber Lot und Mason hoben schützend die Hände vors Gesicht, als der Greifer gegen die Tür knallte.

Doch da war kein Knall.

Stattdessen gab das Tor nach wie eine dünne Gummimembran und der Greifer schwang mühelos in den nächsten Raum. Die frustrierten Schreie der Diebe auf der anderen Seite waren plötzlich nicht mehr zu hören.

IN DER ROTEN ZONE

Dev jubelte, als der Greifkorb über den Betonboden der Halle scharrte und eine Funkenspur hinter sich herzog.

Lot und Mason sprangen mit zitternden Knien ab.

»War die Tür nur eine optische Täuschung oder was?«, wollte Mason wissen.

»Flüssiges Metall«, erklärte Dev. »Lässt nichts durch, außer diesen Dingern.« Er strich über den Greifer. »Mir ist eingefallen, dass mein Onkel mir gesagt hat, dass die Sicherheitsvorkehrungen dazu dienen, Menschen fernzuhalten, aber mechanische Dinge wie dieses hier müssen arbeiten.«

Lot hatte es bereits kapiert. »Also erkennt das Sicherheitssystem den Greifer und weiß, dass er zum Inventory gehört …«

»Und lässt ihn einfach durch«, beendete Dev ihren Satz.

»Wie schön, da haben sich ja zwei Genies gesucht und gefunden«, sagte Mason, der noch nicht ganz verstanden hatte, was eigentlich passiert war. »Aber während ihr beide euch gegenseitig auf die Schulter klopft, müssen wir wohl davon ausgehen, dass unsere allseits beliebte Verbrecherbande auch nicht mehr lange braucht, um das herauszufinden.«

Dev nickte. »Du hast recht. Schnappen wir uns die Eisenfaust und suchen den Weg nach draußen.«

Die Halle sah aus, als bestünde sie aus weißem Plastik. Jede Oberfläche schimmerte im Licht der weißen Deckenstrahler. Die Halle hatte etwa die Größe eines Fußballfelds und an einem Ende gab es sogar so etwas wie eine Tribüne, die weit nach oben reichte und über der sich eine Kuppel aus ineinander verwobenen Metallstäben wölbte.

Hier gab es keine Regale wie in den anderen Räumen, sondern Lagerboxen, die an moderne Geräteschuppen erinnerten. Die Gegenstände, die hier lagerten, waren durch pulsierende Energiefelder geschützt, die den Blick so verzerrten, dass das menschliche Auge nur noch Pixel wahrnahm. Es war ungefähr so, als starrte man in einen Sandsturm oder in eines von diesen Das-magische-Auge-Bildern. Um zu erkennen, was sich dort verbarg, musste man stehen bleiben und ganz genau hinsehen.

»Wo ist die Eisenfaust?«, fragte Lot hektisch und sah sich immer wieder zum Eingang um.

Sie hasteten von einer Box zur nächsten und blieben immer wieder stehen, um durch das Energiefeld zu starren. Dev stieß fast jedes Mal ein beeindrucktes *Wow* aus, bevor er weiterrannte. Lot und Mason liefen ihm nach.

»Keine Ahnung, wie er das macht«, murmelte Mason. »Ich sehe gar nichts.«

»Ich auch nicht.« Lot gab sich alle Mühe, genau hinzusehen, aber sie konnte die Dinge hinter dem Energiefeld trotzdem nicht erkennen.

»Du musst einfach genauer hinschauen.« Dev blieb vor

einer Lagerbox stehen. Auch hier verbarg das Energiefeld den eingelagerten Gegenstand im oberen Fach.

»Da ist sie.« Er klang enttäuscht. »Sieht nicht besonders spektakulär aus, oder?«

Lot und Mason stellten sich neben ihn. Doch sosehr sie sich auch bemühten, sie konnten nichts erkennen.

»Wie sieht sie aus?«, fragte Lot.

Aber Dev hatte sich schon von der Eisenfaust abgewandt. Er ließ den Blick über die Lagereinheiten schweifen. An den Türen waren verschiedene Symbole zu sehen, von denen sie einige kannten – die drei kreisförmig angeordneten Segmente, die für Radioaktivität standen, das verschlungene Symbol für biologische Gefahrstoffe –, aber auch welche, die sie noch nie gesehen hatten. Dev zog es zu einer der Boxen mit Biogefahr-Warnschild. Er ging darauf zu.

Mason hob hilflos die Hände. »Dev, Alter, was machst du da? Wenn das hier die Eisenfaust ist, sollten wir uns das Ding schnappen und verschwinden.«

»Ich war schon einmal hier«, murmelte Dev.

Lot runzelte die Stirn. »Ich dachte, du warst noch nie in dieser Zone?«

»War ich auch nicht ... zumindest dachte ich das. Aber das hier kommt mir bekannt vor.« Er zeigte auf den Eingang der Box.

»Wie kann das sein?«, fragte Lot.

»Vielleicht hat man deine Erinnerungen gelöscht«, witzelte Mason.

Dev ignorierte ihn und trat an die Tür. Es gab kein Tastaturfeld. Keinen Handscanner. Nur einen einfachen Knopf zum Öffnen. Irgendwie wurde er das Gefühl nicht los, diese

Box zu kennen; da war fast so was wie eine Stimme, die ihn aufforderte, einzutreten.

Dev drückte auf den Knopf. Die Tür glitt auf und die Beleuchtung schaltete sich automatisch ein. Ohne sich zu seinen Freunden umzusehen, betrat er die Box.

Sie hatte etwa die Größe eines Klassenzimmers und sah auch so aus. Einige Tische standen voller medizinischer Instrumente, Mikroskope und alter Computer. An der Wand hingen große Monitore, in denen Dev sich beim Eintreten spiegelte.

Er hörte nicht, wie sich die Tür hinter ihm schloss, aber er spürte den veränderten Luftdruck in den Ohren. Welche Biogefahr hier auch lagerte, sie brauchte eine gesonderte Luftzufuhr und er vermutete, dass es etwas mit den vier großen Glaszylindern zu tun hatte, die mit einer Flüssigkeit gefüllt waren. Sie waren groß genug, um einen Menschen hineinzustecken.

Und genau das hatte jemand getan.

GUTE ZUCHT

Vier Körper, etwas kleiner als Dev, schwebten zusammengerollt wie Embryonen in der Flüssigkeit. Ihre Augen waren geschlossen. Erst als einer von ihnen zuckte, merkte Dev, dass sie *lebendig* waren.

Ihm drehte sich der Magen um. Er hatte sich schon oft gefragt, was sein Onkel wohl so tief im Inventory machte.

Jetzt wusste er es.

Sein Onkel war ebenso ein Monster wie die Diebe oder der Collector. Dev wusste, *er wusste es einfach,* dass er von hier stammen musste. Eemas Worte hallten durch seinen Kopf: *Dafür wurdest du gezüchtet.*

Dies war der Ort, an dem er *erschaffen* worden war.

SHOWDOWN

Dev stürmte aus der gruseligen Box zurück in die Rote Zone. Er wollte schreien. Er wollte Antworten von seinem Onkel. Ihm schossen alle möglichen Fragen durch den Kopf ... aber sie waren wie weggeblasen, als er Lots Gesicht sah.

Ihre Augen waren weit aufgerissen. »Tut mir leid, Dev«, hauchte sie. »Wir konnten nichts tun.«

Eemas riesiger, kugelförmiger Kampfpanzer erhob sich drohend über ihnen. Das gelbe Emoji-Gesicht lächelte nicht. Sie richtete ihre Waffen auf Lot und Mason. Mit einem Fiepen luden sie sich und Dev wusste genau, dass auf dieses Ladegeräusch ein tödlicher Knall folgen würde.

»Eema! Waffen runter!«

Sofort ließ Eema ihre Waffen sinken. Die drei fuhren herum und sahen, dass Lee und seine Männer in die Rote Zone eingedrungen waren, mit den Gewehren im Anschlag. Charles folgte ihnen, aber die Handschellen schnürten seine Hände so eng zusammen, dass er die Arme nicht bewegen konnte.

Dev ließ den Kopf hängen. Hätte er nur nicht die paar Minuten in dieser schrecklichen Box verschwendet.

»Ich bin beeindruckt, Dev.« Lee grinste und gab seinen Leuten das Zeichen zum Ausschwärmen. »Diese Männer sind perfekt ausgebildete Söldner, die besten der Welt, die man für Geld kaufen kann, und trotzdem warst du ihnen immer einen Schritt voraus.« Er schaute sich zu Charles um. »Gar nicht schlecht, stimmt's, Prof? Da haben Sie wirklich gute Arbeit geleistet.«

Charles schwieg. Sein Blick war auf die offene Tür der Box gerichtet.

»Ich war drin«, sagte Dev und seine Stimme brach. »Ich weiß, was du hier machst.«

Dev merkte, dass Lee keine Ahnung hatte, was los war. Lot und Mason dagegen wirkten bestürzt. Charles konnte seinem Neffen nicht in die Augen sehen. »Aber ich schätze, es war nicht nötig, mich *einzuweihen.«* Dev kämpfte mit den Tränen. »Ich wurde in einem dieser Zylinder gezüchtet, oder? Nur eines von diesen Inventory-Projekten, mit denen das Welt-Konsortium herumgespielt hat. Ein Projekt, das wie die anderen eingelagert und vergessen wurde, als das Konsortium keinen Nutzen daraus ziehen konnte.«

Charles räusperte sich und zum ersten Mal in seinem Leben hörte Dev einen Anflug von Bedauern in der Stimme seines Onkels. »Diese Brutzylinder stammen von einem Projekt aus Nordkorea. Es handelte sich dabei um den Versuch, einen Supersoldaten zu züchten – den besten Kämpfer auf dem Schlachtfeld. Natürlich hat es nicht funktioniert, aber die Technologie war viel weiter fortgeschritten als alles, was der Rest der Welt bisher gesehen hatte. Also tat das Welt-Konsortium, was es immer tut. Es schickte eine Eingreiftruppe los, um die Technologie zu stehlen und sie hierherzubringen, wo niemand Unsinn damit anstellen konnte.«

»Abgesehen von dir?«

Erst jetzt sah sein Onkel ihm in die Augen. Das Bedauern in seiner Stimme war dem üblichen herablassenden Tonfall gewichen, den sein Onkel immer anschlug, wenn er mit Dev sprach.

»Wir brauchten etwas Besseres als Eema, um das Inventory zu schützen. Ein Sicherheitssystem, das nicht gehackt werden kann und selbstständig denkt.«

Charles schaute seinem Neffen unverwandt in die Augen. Dev war damit beschäftigt, all diese neuen Informationen zu verarbeiten.

Lee klatschte in die Hände und riss ihn aus seinen Gedanken. »Was für eine entzückende Wiedervereinigung einer kaputten Familie. Wir haben alle Probleme, Junge. Und deine werden schlimmer, wenn du nicht gehorchst.« Mit einer Handbewegung deutete er auf die Lagerboxen. »Eisenfaust. Bring mir das Ding. Oder ich erlaube Eema, ein paar Löcher in deine Freunde zu schießen.«

KEIN PLAN IST EIN GUTER PLAN

»Psst!«

Volta drehte sich um, als er das Geräusch hörte. Er war froh, sich nicht länger die Probleme dieses Jungen anhören zu müssen. Der andere Junge bewegte die Lippen, aber er hörte nur ein unverständliches Gemurmel. »Was hast du gesagt?«

Mit einem Kopfrucken zeigte Mason auf Kwolek und sprach ein bisschen lauter. Er hatte absichtlich nur geflüstert, um den Mann näher zu sich zu locken. »Was ist mit dem Arm Ihrer Freundin passiert?«

Volta sah ebenfalls zu Kwolek hinüber und seufzte. Anscheinend stellte er sich nur zu gerne vor, Kwolek wäre seine *Freundin*. »Das ist eine lange Geschichte, aber eine echt unglaubliche«, flüsterte er zurück.

»Die würde ich zu gern hören, aber ...«, sagte Mason.

Volta begriff zu spät, was los war. Lot ging genau in dem Augenblick hinter dem Söldner auf die Knie, als Mason ihm mit aller Kraft seine Schulter in die Brust rammte. Es war ein alter Trick und weder Lot noch Mason hätten den großen Kerl allein überwältigen können.

Volta ruderte hektisch mit den Armen und versuchte, das Gleichgewicht zu halten. Es klappte nicht. Der Söldner kippte fast in Zeitlupentempo mit einem Aufschrei nach hinten.

Die ganze Gruppe fuhr herum, als Volta seine Waffe fallen ließ und sich zur Seite warf, um nicht getroffen zu werden, falls sich beim Aufschlag auf dem Boden ein Schuss löste.

Aber dabei achtete er nicht darauf, wohin er fiel. Mason verzog das Gesicht, denn Volta taumelte direkt in das nächste Energiefeld.

Es gab einen Riesenknall und dann war dort, wo Volta gerade noch gewesen war, nur noch eine Rauchwolke.

»LOS!«, brüllte Lot. Sie sprang auf und zog Mason hinter sich her. »Dev, schnapp dir das Ding!«

Das Durcheinander, das nach Voltas plötzlichem Verschwinden herrschte, reichte Lot und Mason, um etwas Abstand zwischen sich und die Verfolger zu bringen, bevor diese das Feuer eröffneten.

Lot machte einen Satz, als vor ihr der Fußboden explodierte. Sie warf sich hinter ein Gerät, das etwa die Größe eines Bulldozers hatte. Dort nahm sie Devs Luftkanone von der Schulter und zielte damit auf die Zwillinge, die auf sie zurannten. Sie drückte den Abzug.

Die ultra-komprimierte Luft traf die beiden mit voller Wucht. Sie wurden zurückgeschleudert und überschlugen sich wieder und wieder, bis sie schließlich gegen die Wand krachten.

Mason gab Lot ein High-Five. »Das war *super.*«

Dev hatte fassungslos zugesehen, wie Volta atomisiert wurde. Er war wie erstarrt – bis Lots Stimme zu ihm durchdrang. »Dev, schnapp dir das Ding!«

Die Worte rissen ihn aus dem Schockzustand und er rannte auf die Eisenfaust zu. Einen richtigen Plan hatte er nicht, seine Muskeln gehorchten einfach nur seinem Instinkt.

»Dev!«, schrie Lot, als sie und Mason ihn einholten. »Nicht anfassen! Du hast doch gesehen, was mit dem Typen passiert ist.«

Aber Dev hatte jetzt nur noch ein Ziel: Er musste sich die Eisenfaust schnappen und das Inventory damit so schnell wie möglich verlassen. Er war so darauf konzentriert, dass er Kwolek erst im letzten Augenblick bemerkte.

Aber bevor sie nach Dev greifen konnte, rollte Eema heran und rammte die bionische Söldnerin mit der Wucht einer Abrissbirne. Danach entfaltete sich der Roboter blitzartig: Vier Beine verankerten Eemas Kugelhülle am Boden und zwei schwer bewaffnete Arme wurden ausgefahren. Das Emoji-Gesicht war jetzt nicht mehr gelb, sondern rot.

Eema war wieder da – das volle Programm, in angriffslustiger Kugelform und kampfbereit.

Kwolek sprang sofort auf und schlug einen von Eemas Armen zur Seite. Der Schuss, der sich aus der Roboterwaffe löste, traf die Decke und zerstörte mehrere Strahler samt ihren Halterungen.

Bevor Eema noch einmal feuern konnte, begann Kwolek, auf sie einzuprügeln, und schaffte es durch ihr bionisches Exoskelett tatsächlich, ein paar Dellen in die gepanzerte Metallhülle zu schlagen.

Dev konnte nicht fassen, wie schnell Kwolek war. Sie

duckte sich unter einem weiteren Schuss aus Eemas Energiekanone weg und brachte sich mit einem Sprung vor einem metallischen Arm in Sicherheit, der aus der Kugel hervorschoss, um die Angreiferin niederzuschlagen.

Jeder Treffer, den Kwolek landete, löste bei Eema einen wütenden Funkenregen aus. Das Emoji-Gesicht glühte nach jedem Schlag röter. Dev wusste natürlich, dass die künstliche Intelligenz keinen Schmerz empfand, aber Eema tat ihm trotzdem leid.

Sie versuchte, mit einem ihrer Waffenarme nach Kwolek zu schlagen, aber diesmal drehte die den Spieß um und sprang mit einem Satz *auf den* Arm. Kwolek schlug erneut auf die Schulter des Roboters ein in der Hoffnung, Eema die Waffe entreißen zu können.

Bei jedem Schlag wankte Eema heftiger. Dev erkannte, dass er etwas unternehmen musste, damit Kwolek nicht die Oberhand gewann.

Mit einem Brüllen stürzte sich Dev auf Kwolek, die mit dem Rücken zu ihm auf Eema eindrosch. Er konnte unmöglich auf den Roboter aufspringen, aber irgendetwas musste er tun.

Er irrte sich. Genau wie in dem Moment, in dem er sich das erste Mal gegen Mason zur Wehr gesetzt hatte, überraschte ihn sein Körper auch diesmal: Er hatte plötzlich eine Kraft, über die er normalerweise nicht verfügte. Er flog durch die Luft und landete direkt hinter Kwolek auf dem bewaffneten Arm.

Die Söldnerin sah sich um und schlug mit ihrem mechanischen Arm nach hinten. Ein Treffer hätte Dev den Schädel gespalten. Trotzdem duckte er sich nicht. Er sah die Faust erst, als sie nur noch Zentimeter von seinem Gesicht entfernt war. Das lag daran, dass er sich auf ihr Exoskelett konzentriert hatte und auf die pulsierenden Farben, die über das Metall huschten; Farben, die nur er sehen konnte. Schiefe Töne drangen ihm in die Ohren, die sich in sanfte Klänge verwandelten, als er mit den Fingern in einen ganz bestimmten Stromkreis griff. Seine Nägel krallten sich hinein und er hörte etwas brechen.

»Was hast du getan?«, kreischte Kwolek. Sie war erstarrt, ihre Faust hing nur einen Millimeter vor Devs Nase in der Luft. Ihrem Gesicht war anzusehen, wie sehr sie sich anstrengte, doch es half nichts – sie konnte sich nicht bewegen.

»Sieht aus, als wären Sie versteinert worden«, stellte Dev grinsend fest. Er hatte den entscheidenden Verteiler in ihrer Schulter gefunden. Seine einzigartige Synästhesie hatte ihm den einen Chip offenbart, den er herausziehen musste, um einen Kurzschluss zu verursachen. Kwolek war wirklich wie versteinert, eine Gefangene in ihrem eigenen Exoskelett.

Dev sprang ab, dann schleuderte Eema Kwolek durch den Raum. Die bewegungsunfähige Söldnerin schlug hart auf, ohne ihre Körperhaltung zu verändern.

Dev strich über Eemas verbeulte Panzerung. Das wutrote Gesicht verwandelte sich wieder in einen gelben Emoji.

»Ich dachte, die hätten dein Programm deaktiviert.« Dev lächelte.

»Als dein Onkel diese Zone betrat, öffnete sich das automatische Sicherheitssystem. Es funktioniert getrennt vom Rest des Inventorys und so konnte ich meine Codes in diese Kugel downloaden.«

»Es ist toll, dich ...«, begann Dev, aber Eema bewegte sich

plötzlich und schirmte ihn ab – die Schüsse aus den Schallkanonen von Fermi und einem weiteren Söldner prallten an ihrem Schutzschild ab.

Auch Lot hatte gesehen, dass die beiden auf sie zustürmten. Sie feuerte die Luftkanone ab, doch da sie schlecht zielte, traf sie stattdessen Lee, der gerade eine heruntergefallene Waffe aufheben wollte. Er heulte vor Schmerz auf und wurde gegen die Wand geworfen.

Eema richtete ihre Waffe auf die verbliebenen Söldner. Doch statt eines tödlichen Energiestoßes schoss gelber Glibber heraus, der die beiden in vollem Lauf traf und sofort von Kopf bis Fuß bedeckte. Der Schleim verhärtete sich blitzschnell und klebte sie am Boden fest, wo sie zwar atmen, sich aber nicht bewegen konnten.

»Okay, hol meinen Onkel«, wies Dev Eema an. »Ich schnappe mir die Eisenfaust.«

Eema drehte sich um. »Für deinen Onkel ist es zu spät.«

Dev wandte sich ebenfalls in die Richtung und sah, dass Lee mit zitternder Hand eine Pistole auf Charles richtete.

»Du musst gehen«, drängte Eema. Mit einem ihrer Arme zeigte sie auf den Metallkäfig unter der Kuppel am hinteren Ende des Raums. »Nehmt den Teleporter.«

»Was ist mit meinem Onkel?«

»Ich kümmere mich um ihn. Du bist wichtiger, Dev.«

Es hörte sich beinahe so an, als würde Eema ihn anflehen. »Meinetwegen, aber nicht ohne die Eisenfaust.« Dev kehrte zu dem schimmernden Energiefeld zurück und konzentrierte sich. Allmählich verwandelte sich das chaotische Pixelgewirr in einen festen Gegenstand: Einen Handschuh, der aus kleinen metallisch-blauen Schuppen zusammengesetzt war, wie er es bereits im Archivfoto des Inventorys gesehen hatte. Aus der Oberfläche ragten kleine Rundungen hervor, in denen Dev sofort Miniaturantriebe aus Teslas Werkstatt erkannte. Das Ding schien uralt zu sein. Es war eindeutig nicht das coole Teil, das er erwartet hatte.

Beinahe hätte Lots Warnruf ihn in seiner Konzentration gestört. »Dev!«

Devs Augen brannten, während er weiterhin die Eisenfaust fokussierte. Langsam griff er danach.

»Dev! Nicht!«, schrie Lot.

Aber es war zu spät – Devs Hand drang in das Energiefeld ein, das Volta eben atomisiert hatte ...

ENTKOMMEN

Dev fühlte ein elektrisches Prickeln und die Haare auf seinem Arm stellten sich auf, aber es gab keinen tödlichen Stromschlag, der ihn in Stücke riss. Obwohl er noch nie Energiefelder wie dieses gesehen hatte, wusste er instinktiv, was zu tun war. Er erkannte, dass es sich dabei eigentlich nur um eine optische Täuschung handelte, die aber auch töten konnte.

Dev war noch nie ein guter Zuhörer gewesen, vor allem dann nicht, wenn sein Onkel ihm Vorträge über Quantenphysik gehalten hatte. Trotzdem erinnerte er sich daran, dass Charles ihm erzählt hatte, dass Partikel an zwei Orten gleichzeitig sein konnten und sich erst für einen Ort – oder einen Zustand – entschieden, wenn man sie ansah. Das nannte man den »Hawthorne-Effekt« oder »Betrachter-Effekt«. Er hatte seinen Physiklehrer danach gefragt, aber der hatte ihn nur verwundert angesehen und ihm geraten, nach Hause zu gehen, bevor er ihn nachsitzen ließ.

Als Dev sich auf die Eisenfaust konzentrierte, tauchte der Gegenstand wie aus dem Nichts auf und die herumschwärmenden Partikel verschwanden, weil sie sich in diesen blauen Handschuh verwandelt hatten, der auf einem kleinen Sockel stand. Indem er seine Wahrnehmung veränderte, konnte Dev die Partikel zwingen, vom Energiefeld zum Handschuh zu springen. Jeder andere sah nur das Energiefeld, weil seine Betrachtungsweise falsch war. Dev jedoch konnte alles erkennen. Er fragte sich, ob das womöglich ein Teil seiner künstlich erzeugten Fähigkeiten war. In dem Moment, als er nach der Eisenfaust griff, spürte er, wie verblüfft alle Anwesenden waren. Für sie musste es ausgesehen haben, als wäre das Energiefeld plötzlich verschwunden und stattdessen der Handschuh aufgetaucht.

»Dev! Wag es nicht zu verschwinden.« Lee hielt Charles die Pistole an den Kopf.

Devs Blick wanderte zwischen dem Verbrecher und seinem Onkel hin und her. Charles betrachtete ihn neugierig und der Hauch eines Lächelns umspielte seine Lippen.

»Sie haben verloren«, fuhr Dev Lee trotzig an. »Eema, gib uns Deckung!«

Die Eisenfaust war schwer. Dev hatte gedacht, dass sie viel leichter wäre, wie viele der modernen Kohlefaser-Apparate, die im Inventory lagerten. Doch dieses Ding musste er mit beiden Händen festhalten, während er die Stufen zum Teleporter hochrannte. Lot und Mason blieben dicht neben ihm und Eema rollte hinter ihnen her. Lee gab mehrere Schüsse ab, doch sie prallten von Eemas Panzerung ab, ohne irgendeinen Schaden zu verursachen.

Ein Dutzend Stufen führte hinauf zu der Plattform, von der aus man das gesamte Lager überblicken konnte. Der Teleporter war rund und von gebogenen Metallstäben umgeben, die an einen Käfig erinnerten. Die Abstände der

Stäbe waren weit genug, dass Lot und Mason hindurchschlüpfen konnten.

Dev hörte seinen Onkel eine Warnung brüllen. Die Worte konnte er nicht verstehen und Charles verstummte schnell wieder, weil Lee ihm mit der Waffe auf den Kopf schlug. Dev musste mitansehen, wie sein Onkel bewusstlos zusammenbrach.

Er zögerte – sollte er seinem Onkel helfen oder fliehen? Ihm war klar, dass die Eisenfaust zu gefährlich war, um den Feinden in die Hände zu fallen. Er zwang sich, an das Wohl der Menschheit zu denken. »Eema, komm mit uns!«

»Meine Aufgabe ist es, das Inventory und dich zu schützen. Wenn du gehst, habe ich einen bedeutenden Teil meines Programms erfüllt.«

Dev wollte widersprechen, aber Mason zog ihn in den Käfig. »Du hast den Roboter gehört. Er will hierbleiben. Wir nicht.«

»Teleporter aktiviert«, sagte Eema.

Bevor Dev protestieren konnte, begannen sich die Metallstäbe so schnell um sie herum zu drehen, dass sie einander überlappten. Sie wirbelten in einem solchen Tempo, dass einzelne Stäbe nicht mehr zu erkennen waren und Dev das Gefühl hatte, als steckten sie in einer massiven Metallglocke.

Ihre Ohren knackten – dann wurden die Stäbe wieder langsamer und blieben schließlich stehen.

DRAUSSEN

Dev blinzelte, während sich seine Augen an die Dunkelheit gewöhnten. Es dauerte einen Moment, bis er erkannte, wo sie waren. Es war eine der Scheunen. Die kalte Winterluft roch nach Rauch wie bei einem Lagerfeuer.

»Sind wir draußen?«, fragte Lot ungläubig und schaute sich um.

Dev ging zögernd auf die Tür zu und blieb abrupt stehen, weil plötzlich ein Scheinwerfer auf ihn gerichtet wurde. Er hob langsam den Arm, um seine Augen zu schützen, doch er wollte auf keinen Fall die Eisenfaust in den Schnee fallen lassen.

»Devon?« Sofort erkannte er die Stimme der Frau von der ENS-Übertragung. Es dauerte einen Moment, bis er Sergeant Wade gegen das grelle Licht erkennen konnte. Sie musterte ihn ungläubig wie einen Geist. Erst jetzt bemerkte er die Soldaten des Welt-Konsortiums und hinter ihnen die qualmenden Überreste der Farm, die mal sein Zuhause gewesen war. Vom Wohnhaus stand nur noch die Hälfte, die andere war zu einem verkohlten Schutthaufen zusammengefallen.

Dev spürte Lots Hand auf seiner Schulter. »Dev, euer Haus ... du hast alles verloren.«

Dev sah Sergeant Wade an, die sich schnell wieder gefasst hatte. »Dev ... du hast die Eisenfaust. Gut gemacht! Ab jetzt übernehmen wir.« Und erst dann fiel ihr ein zu fragen: »Geht's euch allen gut? Niemand verletzt?« Sie griff nach der Eisenfaust, aber Dev wich zurück.

»Wohl kaum. Wir haben unser Leben riskiert und die Eindringlinge sind immer noch da unten, zusammen mit meinem Onkel.«

»Gut gemacht«, wiederholte Wade mit einem breiten Lächeln.

»Und da frage ich mich doch, wieso es so wichtig war, dieses Ding nach oben zu bringen.« Dev hob die Eisenfaust ein wenig an.

Sergeant Wade lächelte zwar weiterhin, aber nun war ihr auch eine gewisse Nervosität anzusehen. »In den falschen Händen könnte sie für schreckliche Dinge missbraucht werden. Aus Sicherheitsgründen musst du sie deswegen an uns übergeben.«

Dev rührte sich nicht. Lot und Mason rückten näher an ihn heran, denn vereint fühlten sie sich stärker. Sie alle hatten die veränderte Körpersprache der Soldaten bemerkt. Die Eingreiftruppe war angespannt, als warteten die Männer auf den Befehl zuzuschlagen.

»Und *Ihre* Hände sind die richtigen?«, fragte Dev. Er ließ die Frau nicht aus den Augen und bemerkte ein Zucken ihres Mundwinkels. Ein Lächeln? Oder hatte er einen Nerv getroffen?

»Wir sind das Welt-Konsortium, natürlich sind unsere Hände die richtigen!« Wade sah ihre Soldaten an und gab ihnen ein Zeichen, sich zurückzuziehen. »Sie verschrecken die armen jungen Leute. Ziehen Sie sich bitte etwas zurück; die Kinder sind da unten durch die Hölle gegangen.«

Dev musste wieder an die Klonkammer denken. Er wusste nicht mehr, wem er vertrauen konnte.

»Da gibt es etwas, das ich nicht verstehe«, murmelte Dev. Er drehte die Eisenfaust in den Händen, um sie besser betrachten zu können. »Sie war sicher im Inventory verwahrt. Woher weiß der Collector, wie man sie benutzt? Niemand kann das benutzen, was da unten rumliegt.«

Wade verlagerte ihr Gewicht und rieb sich das Kinn, um ihre Verlegenheit zu überspielen. »Der Collector ... diesen Namen hat er sich selbst gegeben. Eigentlich hat er keinen Namen. Nur eine Nummer.«

Das klang irgendwie vertraut. »Eine Nummer?«

»Er wurde Sieben genannt.«

Plötzlich fielen all die Puzzleteilchen in Devs Kopf an ihren Platz. »Weil er ein Klon ist.« Wades Schweigen bestätigte seine Vermutung. »Er wurde da unten gezüchtet. Genau wie ich.«

Wade konnte ihre Verblüffung nicht verbergen. »Devon ... hör mal, es gibt einiges, das du wissen musst – aber niemand wollte, dass du es auf diese Weise erfährst. Du erinnerst dich nicht an deine Mutter, oder?«

Als Dev sprach, fühlte es sich so an, als würden die Worte aus ihm herausgezerrt. »Sie sind es, oder?«

Wade lachte verwundert auf. »Was? Nein. Natürlich nicht. Sehe ich so alt aus?« Sie sprach weiter, bevor Dev etwas erwidern konnte. »Es ist wichtig, dass du erfährst ...«

Ein blauer Blitz zuckte über Devs Netzhaut. Seine Ohren wurden taub, als sich der Luftdruck veränderte und um ihn herum plötzlich vollkommene Stille herrschte. Er merkte, wie er zu schwanken begann, denn plötzlich war ihm schwindelig. Doch das gab sich nach wenigen Sekunden.

Wade stand vor ihm, vollkommen reglos, wie ein Film, bei dem man die Pause-Taste gedrückt hatte. Sogar die Schneeflocken hingen bewegungslos in der Luft. Dev atmete tief ein und sah sich um. Die Elitetruppe des Welt-Konsortiums war wie erstarrt. Ein Chinook-Hubschrauber schwebte über ihnen. Seine Rotoren standen still, aber er fiel trotzdem nicht vom Himmel. Lot sah aus wie eine Wachsfigur. Er berührte ihre Wange mit einem Finger – sie fühlte sich an wie Marmor.

»Eine Paralysebombe«, sagte jemand hinter ihm.

Dev drehte sich langsam um. Er wusste, was ihn erwartete, aber den Collector vor sich zu sehen, war viel gruseliger, als er es sich jemals vorgestellt hatte.

Der Collector schob mit einer Hand eine Brille mit gelben Gläsern auf der Nase hoch und deutete mit der anderen Hand auf die erstarrten Leute. »Sie können sich nicht bewegen und kriegen auch nichts von unserer Unterhaltung mit.«

Obwohl Dev nicht durch die getönten Brillengläser des unheimlichen Typen sehen konnte, hatte er den Eindruck, dass sein Gegenüber die Eisenfaust nicht aus den Augen ließ. Endlich fand Dev seine Stimme wieder. »Dann sind Sie also ein Klon, genau wie ich?«

»Du wurdest geschaffen, um mich zu ersetzen, genau wie die anderen, die du gesehen hast, dich ersetzen werden.« Der Collector musterte ihn von oben bis unten. »Wie ich sehe, haben sie einige Dinge verbessert. Deine Synästhesie, die Fähigkeit, in einer Krisensituation schneller laufen und höher springen zu können ... das alles wurde im Labor entwickelt. Mithilfe der Klontechnik, die das Inventory niemals verlassen sollte, damit sie nicht zum Einsatz kommt. Du wurdest vom guten alten Onkel Parker erschaffen, genau wie ich.«

Dev wurde schlecht und seine Knie waren plötzlich ganz weich. Er wankte gegen Lot, doch sie rührte sich nicht.

Der Collector fuhr in seinem herablassenden Tonfall fort. »Als ich aus diesem Gefängnis entkam, betrachtete mich das Welt-Konsortium als Bedrohung und stellte das gesamte Sicherheitssystem des Inventorys um – damit ich keinen Zutritt mehr hatte und die Objekte auf keinen Fall nach draußen gelangten.«

»Aber es ist eines nach draußen gelangt.« Dev hielt die Eisenfaust hoch.

»Nur mit dem richtigen Schlüssel. Einem ganz speziellen Schlüssel.«

Dev blinzelte verdutzt. »Ich habe keinen Schlüssel. Es gibt einfach nur mich und ...« Er verstummte, denn jetzt begriff er. Ihm lief ein Schauer über den Rücken, als der Collector die Stimme senkte.

»Dev. *Du* bist der Schlüssel.«

EIN GROBER FEHLER

»Das ist ... unmöglich ...«, stieß Dev hervor.

Der Collector umkreiste ihn langsam. »Du bist der größte Schatz des Inventorys. Ein lebendiger biologischer Schlüssel, der jeden Gegenstand an die Oberfläche bringen kann. Außerdem wurdest du mit den nötigen Fähigkeiten ausgestattet, um alles zu reparieren und am Laufen zu halten. All die Jahre, in denen du kleine Dinge hinausgeschmuggelt hast, um auf der Farm damit zu spielen ... für deinen Onkel waren das nur Tests, ob sein System funktioniert. *Du* bist der wichtigste Teil des Sicherheitssystems. *Du bist die Eisenfaust.*«

Dev schwirrte der Kopf. Die Vorstellung, dass er ein lebendiger Schlüssel sein sollte ... er konnte es nicht begreifen. Er betrachtete den Gegenstand in seiner Hand.

»Dafür, dass Sie mich lebendig brauchen, haben es Ihre Söldner aber ziemlich überzeugend darauf angelegt, mich umzubringen.«

»Glaub mir, Dev, so schlechte Schützen sind sie nicht. Du brauchtest nur eine Motivation. Überlebenswillen.«

Dev wurde allmählich richtig sauer und fing an, den

Collector zu hassen. »Das bedeutet dann also, dass ich die verbesserte Version von Ihnen bin.«

Der Collector nahm seine gelb getönte Brille ab und Dev schnappte erschrocken nach Luft. Die Augen des Verbrechers waren weiß. Wo normale Leute eine Iris und eine Pupille hatten, war bei diesem Typen der Augapfel komplett weiß. Dev schaute angewidert weg.

»Ich kann dich sehr gut sehen«, erklärte der Collector und zog das Augenlid mit einem Finger herunter, um noch mehr ekliges Weiß zum Vorschein zu bringen. »Meine Augen haben sich nie so entwickelt, wie sie sollten, aber dafür kann ich Dinge sehen, die anderen verborgen bleiben. Ich sehe die ultravioletten Strahlen der Sensoren im Rasen. Ich kann die Hitze deiner Wangen sehen, wenn du lügst. Und ich sehe die pulsierende Strahlung einer Supernova am Nachthimmel!« Er breitete die Arme aus, als wollte er den Himmel umfassen.

Dev trat unwillkürlich einen Schritt zurück. »Tut mir echt leid, dass Sie so freakige Augen haben, aber dafür kann ich nichts. Ich dachte die ganze Zeit, wir würden von einem fiesen Feind verfolgt, und dabei sind Sie und Ihre Leute nur ganz gewöhnliche Diebe, die das hier stehlen wollten.« Er zeigte auf den Handschuh.

»Ganz gewöhnliche Diebe? Ha! Wir sind *außergewöhnliche* Diebe! Du begreifst immer noch nicht das Ausmaß dessen, was mir gelungen ist.«

»Und mir widerstrebt die Bezeichnung ›Dieb‹«, ergänzte Lee, der in diesem Moment aus der Scheune trat und in der Kälte hastig seine Jacke zuknöpfte. »Ich bin ein hoch ausgebildeter Techniker.« Er nickte dem Collector respektvoll zu. »Das muss ich Ihnen lassen. Ich hätte nie gedacht, dass wir den schwierigsten Teil des Sicherheitssystems überlisten würden. Es war ein Geniestreich, ihn mit diesem Ding fliehen zu lassen und ihm weiszumachen, dass es irgendeinen Wert hätte.«

Dev betrachtete den schweren Handschuh in seinen Armen. »Das verstehe ich nicht ... wenn Sie sagen, dass ich die Eisenfaust bin ... was ist dann das hier?«

Lee sah verächtlich auf ihn herab. »Kapierst du es immer noch nicht? Nachdem ich Zugang zum System hatte, habe ich die Bestandsliste des Inventorys umgeschrieben für den Fall, dass du dich einloggst. Auf diese Weise würdest du glauben, dass das hier ...«, er deutete auf die Eisenfaust, »... ein unersetzliches Meisterwerk der Technik ist. Hast du wirklich gedacht, dass wir hinter einem Stück Schrott von einem der Müllberge her sind?«

Der Collector zog ein kleines Büchlein aus der Tasche, es war jenes, das Pavel aus der Moskauer Wohnung geholt hatte. Er wedelte damit vor Devs Nase herum. »Hier steht alles drin. Es sind die privaten Aufzeichnungen von Professor Yenin, dem Mann, den das Welt-Konsortium angeheuert hat, um das perfekte Sicherheitssystem zu entwerfen. Bei der Lektüre des Buchs habe ich herausgefunden, dass du der lebende Schlüssel bist.«

Dev schwieg, denn er musste das alles erst verarbeiten. Sein ganzes Leben, der wahre Grund für sein Dasein, war vollkommen anders, als er immer gedacht hatte. »Dann wurde Eema nie entworfen, um das *Inventory* zu schützen – sie sollte auf *mich* aufpassen?«

Dev hatte es gehasst, ständig unter Eemas Fuchtel zu stehen, und dabei war ihre einzige Aufgabe gewesen, ihn zu schützen. Und er war geschaffen worden, um das Inventory zu schützen, den Ort, den er so schnell wie möglich hinter sich lassen wollte.

»Aber jetzt bin ich draußen ...« Dev erstarrte. Er war der *Schlüssel.* Mit dem Verlassen des Inventorys hatte er die Tür geöffnet und sie für den Collector und seine Leute offen gelassen.

Dev fühlte sich plötzlich unglaublich klein und dumm. Er hatte ihnen von Anfang an in die Hände gespielt. Er seufzte so abgrundtief, dass sein ganzer Körper bebte. Seine Schultern sanken herab.

»Sie haben gewonnen. Hier, Sie können dieses Stück Schrott wiederhaben.«

Er hob den Handschuh mit einer Hand und ließ die andere hineingleiten, weil das Ding so schwer war. Diese unschuldige Bewegung erregte kein Aufsehen – genau wie Dev gehofft hatte.

Als er die Hand in die Eisenfaust steckte, fühlte es sich an, als hätte er sie in warmes Wasser getaucht. Seine Synästhesie aktivierte sich und plötzlich wusste er, wozu der Handschuh diente. Er konnte spüren, über welche Kräfte er verfügte.

Und er wusste genau, wie er ihn benutzen konnte.

An seinem Unterarm war ein leichter Druck zu spüren und die kleinen Tesla-Spulen erwachten zum Leben, angetrieben von der leichten elektrischen Spannung, die natürlicherweise durch jeden menschlichen Körper strömte. Dev konnte sich ein Grinsen nicht verkneifen, als er Lees entsetztes Gesicht sah. Die kleinen Metallschuppen des Panzerhandschuhs breiteten sich schnell über seinen Arm aus und gaben dabei klickende Geräusche von sich, die an den Auslöser einer Kamera erinnerten.

»Upps«, sagte er. »Ich glaube, ich habe das Ding gerade aktiviert. Wollen wir rausfinden, wozu dieses Stück Schrott fähig ist?«

EISENFAUST

Die Verwandlung passierte so schnell, dass die folgenden Ereignisse kaum zu erfassen waren. Dev erhaschte einen Blick auf winzige sechseckige Metallplättchen, kaum größer als sein Daumennagel, die sich über seinen Arm und seinen Körper ausbreiteten. Nur Sekunden später spürte er, wie sie seinen Hals hochkrochen. Dann kitzelten sie sein Gesicht, bedeckten schließlich auch seine Augen und nahmen ihm die Sicht.

Die meisten Leute wären spätestens jetzt in Panik geraten, aber Dev blieb ruhig. Er ging davon aus, dass ein so bedeutender Gegenstand nicht dazu gemacht worden war, ihn zu töten. Die Dunkelheit schärfte seine anderen Sinne. Er konnte durch die Metallschuppen ungehindert atmen, und als sie sich weiter ausbreiteten, wurde der Handschuh immer leichter, bis sich sein Gewicht schließlich über den ganzen Körper verteilt hatte. Das Ganze fühlte sich kaum schwerer an als ein dicker Wintermantel.

Auch sein sechster Sinn, seine Synästhesie, arbeitete auf Hochtouren. Vor seinen Augen wirbelten Pastellfarben herum, was ihm verriet, dass alles in Ordnung war und das

Ganze genau so arbeitete, wie man es von einem hypermodernen Kampfpanzer erwartete. Kein Wunder, dass Wade solche Angst davor gehabt hatte, dass er das Ding aktivierte. Es war viel mehr als nur ein Stück Schrott.

Dann kam das Licht – richtiges Licht, nicht die wirbelnden Farben – und er konnte die Farm sehen. Er merkte, dass er irgendwie gewachsen sein musste, denn es kam ihm vor, als stünde er auf dem Scheunendach und schaute von dort aus auf alles herunter.

Er stellte sich vor, wie cool er wohl aussehen musste.

Lee und der Collector wichen zurück, als der Panzerhandschuh Devs Arm umschloss und sich die kleinen Metallplättchen über seinen Körper ausbreiteten.

»Wow«, hauchte Lee fasziniert.

Der Ganzkörperpanzer wurde immer größer, bis er schließlich die Scheune überragte, doch Dev hätte nicht sagen können, ob er ebenfalls gewachsen war oder doch seine normale Größe behalten hatte. Mechanische Muskeln kontrahierten. Er drehte die Hand und wackelte mit den Fingern – der Anzug machte genau dasselbe. Dieser Metallpanzeranzug war nur für einen einzigen Zweck entwickelt worden: den Kampf.

Der Collector zog sich unauffällig zurück. So etwas hatte er nicht erwartet. Seine Finger berührten die Tasten in seinem Handschuh und die Paralysebombe löste sich mit einem lauten Knall. Die Personen, die eben noch reglos dagestanden hatten, setzten sich abrupt wieder in Bewegung.

Sergeant Wade sah sich verwirrt um. Dev war verschwunden und an seiner Stelle stand dort ein mechanischer Riese.

Die ebenso erschrockenen Soldaten eröffneten das Feuer.

Kugeln prallten vom Metallpanzer ab, doch für Dev fühlte sich jeder Treffer an wie ein Boxhieb. Das war so unangenehm, dass er herumfuhr und den Arm hob. Die Bewegungen fielen ihm so leicht, als würde er keinen Riesen-Kampfanzug tragen.

Dev schrie ihnen entgegen, dass sie aufhören sollten zu schießen, aber der Anzug verstärkte seine Stimme leider nicht. Sie klang vielmehr gedämpft und wurde vom Geratter der automatischen Waffen übertönt. Ihm wurde bewusst, dass er ebenso ein Angriffsziel war wie der Collector.

Der war in der Scheune in Deckung gegangen. Kugeln prasselten auf Devs Arm und Oberschenkel. In seiner Verzweiflung griff er nach dem Chinook-Hubschrauber, der gerade abgehoben hatte. Mit seinem Riesenarm konnte er ihn mühelos vom Himmel holen. In Todesangst versuchte der Pilot, den Helikopter schneller steigen zu lassen, und Dev merkte, wie seine Füße über den Boden rutschten. Er fand sein Gleichgewicht schnell wieder und schwang mit einem angestrengten Schnaufen den Hubschrauber vor seinen Körper, um damit den Kugelhagel abzufangen.

Die Truppe des Welt-Konsortiums stellte sofort das Feuer ein, als die ersten Kugeln in den Hubschrauber einschlugen. Dev versuchte einen Karateschlag und der Kampfanzug folgte seiner Bewegung. Mit einem schrillen Kreischen rissen die Riesenhände den Rotor des Hubschraubers heraus.

Dev kugelte den Chinook über den Boden, dabei löste sich auch der Heckrotor in seine Bestandteile auf. Der Rumpf trudelte auf die Soldaten zu, die in alle Richtungen davonrannten, um nicht überrollt zu werden.

Das war die Ablenkung, die Dev brauchte, um sich den

Collector vorzunehmen. Er rannte hinter dem Verbrecher her, der inzwischen Lot am Kragen gepackt hatte. Lee zerrte Mason mit sich und presste ihm die Mündung seiner Pistole in die Rippen.

Der Collector blieb stehen, als der gepanzerte Riese über ihm aufragte. Dev spürte, wozu die Panzerung fähig war; er kannte ihre Geheimnisse. Mit einer einzigen Bewegung aktivierte er die Waffen. Auf den Schultern der Panzerung tauchten zwei Raketenwerfer auf und an den Handgelenken erschienen bisher verborgene Schusswaffen. Doch ihm blieb keine Zeit, über die unglaubliche Technik zu staunen, die in einem einzigen Panzerhandschuh steckte. Er musste seine Freunde retten.

»Das endet jetzt«, befahl der Collector. »Deaktiviere das Ding oder ...« Er sprach die Drohung nicht aus.

Dev überlegte, ob er seine Waffen einsetzen sollte. Ein einziger Schuss würde den Collector in einen rauchenden Krater verwandeln. Aber das würde Lot mit Sicherheit nicht überleben.

»Ich meine es ernst, Devon«, sagte der Collector. Er zeigte auf seinen Handschuh. »Das ist ein 2-D-Verflacher. Sieh genau hin.«

Ein Schwall Nanopartikel kam aus dem Handschuh und umkreiste Lots Kopf. Dev hatte keine Ahnung, worin die Bedrohung bestand, aber harmlos war dieser Schwarm sicher nicht. Er warf einen Blick nach hinten und stellte fest, dass Wade ihre Soldaten wieder unter Kontrolle hatte und sie sich lautlos hinter ihm aufgebaut hatten. Aber zumindest wusste Wade jetzt, dass Dev in dem riesigen Kampfpanzer steckte.

Mit einer kurzen Handbewegung schleuderte der Collector den Schwarm auf den nächstbesten Soldaten. Die Nanopartikel waren so schnell, dass der Mann sie nicht kommen sah. Plötzlich war er nur noch ein zweidimensionales Bild. Seine Kameraden sprangen hastig zurück, als er in unzählige Partikel zerfiel.

Der Collector packte Lots Genick mit seinem Handschuh. »Ihr Leben liegt in deinen Händen.«

Lot war fest entschlossen, keinen Ton von sich zu geben und nicht zu weinen, aber bei aller Tapferkeit konnte sie nicht verhindern, dass ihre Unterlippe vor Angst zitterte.

Dev kochte vor Wut, aber er hatte keine Wahl. Die Panzerplatten klickten, als er den Anzug deaktivierte. Sie zogen sich blitzschnell wieder in die Eisenfaust zurück und dann war es nur noch Dev, der vor dem Collector stand, seine Hand noch halb im Handschuh.

»Okay«, sagte Dev. »Es läuft folgendermaßen: Lassen Sie Lot und Mason frei. Sobald die beiden in der Scheune in Sicherheit sind, kriegen Sie das hier ... und mich.«

»NEIN!«, schrie Lot. »Tu das nicht, Dev!«

Der Collector packte sie fester, was sie so würgte, dass sie kein weiteres Wort herausbrachte. »Ein fairer Tausch. Alles klar, Lee?« Er deutete mit einem Kopfrucken auf die Scheune.

Lee war nicht überzeugt. »Sind Sie sicher?«

Der Collector ließ Dev nicht aus den Augen. »Er mag ja vieles sein, aber ein Lügner ist er nicht. Du stehst zu deinem Wort, nicht wahr, Devon? Genau wie ich.«

Dev wurde fast übel. Er wollte nicht dauernd daran erinnert werden, dass er und dieser Kerl gleich waren. Würde er *genauso* werden, wenn er erwachsen war?

»Dev, nicht ...«, flehte Lot.

»Es ist die einzige Chance, Lot. Denk daran, was dein Vater gesagt hat: *Du bist ein Überflieger.*«

Lot sah ihn verwundert an, doch dann schubste der Collector sie in die Scheune und Lee schob hinter ihr und Mason das Scheunentor zu.

Der Collector streckte die Hand aus. »Wie du siehst, bin ich ein Ehrenmann.«

Dev betrachtete den Panzerhandschuh. »Das ist eine mächtige Waffe. Ich spüre, dass sie noch viel mehr kann.«

»Das glaube ich gern. Lee hat sich geirrt, als er sie für Schrott gehalten hat. Dieser Handschuh ist eine Waffe der Omega-Klasse. Andernfalls wäre er nicht in der Roten Zone aufbewahrt worden.«

»Ich habe das Inventory für Sie geöffnet«, sagte Dev. »Was haben Sie jetzt damit vor?«

Der Collector stieß ein Prusten aus, das verdächtig nach einem Lachen klang. »Devon, du denkst so *ein*dimensional. Ich habe längst alles bekommen, was ich wollte.« Er deutete auf das Schlachtfeld, das sie umgab. »Alles nur Ablenkung, Dev. Während du und das Welt-Konsortium hier oben Zeit verschwendet habt, haben meine Leute unten die Lagerhallen ausgeräumt.«

Wieder einmal fühlte sich Dev, als würde ihm der Boden unter den Füßen weggezogen. »Sie haben mich als Köder benutzt.«

Der Collector hielt den Kopf schief. »Klone. Der Fehler in deinem Design ist deine Vorhersehbarkeit.«

Dev wollte etwas erwidern, doch in diesem Moment zersplitterte die Seitenwand der Scheune. Ein Fluggerät durchbrach das morsche Holz und erhob sich hinter Lee und dem Collector in die Luft.

Das Ding war nicht größer als ein Auto. Unten hingen Drähte und Schläuche heraus und zwei Halbkugeln an den Seiten sorgten für elektromagnetischen Auftrieb. Es war die Maschine, die Lot unbedingt hatte sehen wollen, als sie in die Scheune gekommen war, kurz bevor sie Mason entdeckt hatten. Es handelte sich um ein HoverCar der neuesten Generation.

Der Elektromotor surrte leise, während das Auto in der Luft schwebte. Durch die Glaskuppel sah Dev Lot und Mason. Lot bediente die Steuerung. Sie hatte die versteckte Bedeutung seiner Worte begriffen – *du bist ein Überflieger,* wie ihr Vater gesagt hatte. Und jetzt konnte sie zeigen, was sie bei ihm gelernt hatte – oder es zumindest versuchen. Das HoverCar schwankte hin und her, weil sie gleichzeitig den Joystick bedienen, den Schub regeln und auf den künstlichen Horizont achten musste. Mason hatte den Regler für die Kanone übernommen, die auf der Motorhaube des HoverCars angebracht war.

»Du solltest endlich lernen, wann du aufgeben musst!«, fauchte Lee und eröffnete das Feuer auf das Fluggerät, doch die Kugeln prallten von der gepanzerten Glaskuppel ab. »Allmählich geht ihr mir auf die Nerven!«

Mason erwiderte das Feuer. Ein Energiestoß schleuderte Lee auf einen Schutthaufen.

Der Collector feuerte seinen 2-D-Verflacher ab.

Lot schaffte es, mit dem HoverCar auszuweichen. Die Wolke aus Nanopartikeln schoss an ihnen vorbei und umhüllte die Überreste der Scheune. Mit einem ohrenbetäubenden Krachen faltete sich das Gebäude von drei Dimensionen in zwei – dann brach es zusammen und zerplatzte in unzählige Teilchen.

Der Collector wirbelte herum und versuchte zu fliehen, doch er rannte direkt in eine Riesenfaust hinein.

Im wahrsten Sinne des Wortes.

Dev hatte die allgemeine Verwirrung genutzt, um den Kampfanzug erneut zu aktivieren. Die Monsterfaust erwischte den Collector so heftig, dass er bewusstlos zu Boden ging.

Dann fuhr Dev herum, um Lee zu verfolgen, der im selben Moment losgerannt war, als die Scheune explodierte. Dev konnte gerade noch sehen, wie Lee etwas entfaltete, das aussah wie eine Gummischeibe, die er auf den Boden warf. Dev erkannte das tragbare Loch.

Lee salutierte grinsend – und sprang hinein. Es fiel in sich zusammen und verschwand mit einem lauten Plopp.

Auf Sergeant Wades Befehl setzte sich die Elitetruppe des Welt-Konsortiums in Bewegung. Sie legten dem Collector Handschellen an und entfernten vorher seinen 2-D-Handschuh. Sogar bewusstlos war der Kerl eine tödliche Waffe.

Dev deaktivierte seine Panzerung und sah zu, wie Lot eine holprige Landung hinlegte. Mit seinen Gedanken war er jedoch immer noch bei den unglaublichen Enthüllungen, die dieser Tag gebracht hatte, und der Tatsache, dass es ihnen tatsächlich gelungen war, den Collector zu überwältigen.

Mason und Lot stiegen aus dem HoverCar und rannten zu Dev, der vollkommen überrascht war, als Lot ihn stürmisch umarmte.

»Alles in Ordnung?«, fragte sie, als sie ihn schließlich losließ. Dev nickte.

Mason sah, wie der Collector abgeführt wurde. »Wo ist Lee geblieben?«

»Er hat sich eingelocht«, murmelte Dev. Er merkte, dass Mason seine Bemerkung nicht verstanden hatte, doch ihm fehlte die Energie für große Erklärungen. Der Anblick seines zertrümmerten Zuhauses deprimierte ihn genauso wie die grässliche Wahrheit, die er herausgefunden hatte.

Sergeant Wade klopfte ihm auf die Schulter. »Dev, du hast wirklich Großes geleistet. Du kannst stolz auf dich sein.«

Dev schüttelte den Kopf. Er fühlte sich kein bisschen stolz. »Ich muss wieder runter und meinen Onkel suchen.«

»Deinem Onkel geht es wahrscheinlich gut.«

»Das hoffe ich. Immerhin sind da unten noch ein paar der Verbrecher. Wir müssen sie fassen, bevor sie fliehen können.«

Doch allmählich dämmerte Dev die schreckliche Wahrheit. So mühelos, wie Lee verschwunden war, wäre es verwunderlich, wenn sich wirklich noch Söldner im Inventory befanden. Nachdem der Collector Dev aus dem Inventory gelockt und er die Eisenfaust-Sicherheit deaktiviert hatte, konnten die Verbrecher kommen und gehen, wie sie wollten.

Der Collector hatte es selbst gesagt: Sie waren *außergewöhnliche* Diebe.

GEPLÜNDERT

Charles starrte fassungslos auf die leeren Regale in der Gelben Zone. In dem Moment, in dem Dev und seine Freunde die Rote Zone verlassen hatten, hatte Charles einen Schlag auf den Kopf bekommen und das Bewusstsein verloren. Er war erst wieder zu sich gekommen, als Dev und Sergeant Wade besorgt neben ihm knieten. Sein Kopf war verbunden worden, aber den Vorschlag, für eine weitere Behandlung zu einem Stützpunkt des Welt-Konsortiums geflogen zu werden, lehnte er rundweg ab. Das Inventory war wichtiger.

Dev stellte fest, dass das Inventory bei seinem Onkel wie üblich an erster Stelle stand – nicht etwa sein Neffe. Bisher hatte ihn das verletzt, aber jetzt musste er sich wohl damit abfinden, dass er im Grunde nur ein weiteres Etwas war, das ins Inventory gehörte. Er war ein künstlich erschaffener Klon. Bedeutete das, dass er kein richtiger Mensch war? Dev wollte nicht darüber nachdenken, was das bedeutete.

Sergeant Wade hatte Charles begrüßt wie einen alten Freund, aber als sie das Ausmaß des Diebstahls bemerkten, herrschte zwischen ihnen nur noch erschüttertes Schweigen.

Ein paar Gegenstände waren noch da, aber der Großteil der Sammlung – darunter Stücke, so groß wie Flugzeugträger – war ebenso verschwunden wie die überlebenden Diebe. Beim Anblick der leeren Regalreihen wurde Dev ganz schlecht. Der Collector hatte ihn hereingelegt und ihm vorgemacht, dass es ihm nur um den Eisenfaust-Panzerhandschuh ging, doch in Wirklichkeit hatte er lediglich Zeit gewinnen wollen, damit seine Leute alle Erfindungen stehlen konnten, auf die sie es tatsächlich abgesehen hatten.

Die echte Eema wurde in einer verschlüsselten Datei im Netzwerk entdeckt. Lee war so gerissen gewesen, sie durch ein einfaches System zu ersetzen, das wie Eema reagierte und darauf bestand, dass Dev die Anlage verließ.

Dev fühlte sich kein bisschen besser, als die echte Eema verkündete, dass sie ihn daran gehindert hätte, mit dem Teleporter nach oben zu fahren – *unter allen Umständen.*

Charles bestätigte, dass das Sicherheitssystem in dem Augenblick deaktiviert worden war, in dem Dev den Teleporter benutzt hatte. Er war tatsächlich der Schlüssel dazu. Ohne seinen Schutz konnten die Dinge entfernt oder zerstört werden. Das war die Achillesferse des Sicherheitssystems und das hatte der Collector in den gestohlenen Aufzeichnungen entdeckt. Irgendein Oberhaupt des Welt-Konsortiums hatte bestimmt, dass die gelagerten Gegenstände möglicherweise eines Tages eingesetzt werden mussten. Und so gut die Sicherheitsvorkehrungen waren – wenn man sie deaktivierte, waren sie nutzlos.

Niemand wusste, wie so viele Dinge in so kurzer Zeit weggeschafft werden konnten, aber Charles vermutete, dass die Diebe verschiedene Teleporter-Modelle benutzt hatten, die noch vor Kurzem ein ganzes Regal gefüllt hatten. Mit ihnen hätten sie eine ganze Armee ins Inventory befördern können, die dann alles mitgenommen hatte. Dev fragte sich, ob sie möglicherweise Opfer einer Paralysebombe geworden waren, ohne es zu merken. Die Wahrheit war jedoch, dass es viele Möglichkeiten gab, das ungeschützte Inventory auszuplündern.

Viel wichtiger war jetzt aber, herauszufinden, wohin die gestohlenen Dinge gebracht worden waren. Charles war überzeugt, dass es die forensischen Wissenschaftler des Welt-Konsortiums herausfinden würden. Aber bis dahin blieb ihnen nichts anderes übrig, als sich damit abzufinden.

Dev stellte den Panzerhandschuh wieder auf seinen Sockel in der Roten Zone und seufzte. »Ich komme mir so blöd vor.«

Lot berührte seinen Arm. Sie wusste nicht, was sie sagen sollte. Mason schaute weg. Er fühlte sich schrecklich, weil er dazu beigetragen hatte, die Diebe ins Inventory zu lassen. Seine Betroffenheit war so groß, dass er sich bei jedem entschuldigte, mit dem er sprach.

Charles legte Dev eine Hand auf die Schulter. Es sollte eine tröstliche Geste sein, fühlte sich aber einfach nur komisch an. »Du konntest unmöglich vorhersehen, was passieren würde.«

Dev gingen viele Fragen durch den Kopf. »Das alles ist von der Shadow Helix organisiert worden? Was genau ist das?« Sein Onkel zögerte. »Ich sollte dich besser warnen«, fügte Dev hinzu, »wenn ich jemals wieder den Satz *Das brauchst du nicht zu wissen* höre, drehe ich durch oder irgendjemandem den Hals um!«

»Die Wahrheit ist, dass wir es nicht wissen. Die Shadow

Helix ist seit vielen Jahren vom Radar verschwunden. Oh, wir wissen, dass sie noch da ist und die Dinge aus der Ferne lenkt, aber wir sehen nur ihre Lakaien – wie den Collector.«

Dev seufzte. »Also sind all die tödlichen Gegenstände jetzt da draußen. Was wird jetzt damit passieren?«

Charles schwieg.

»Was wird passieren?«

Sein Onkel räusperte sich. *»Du* wirst sie zurückholen.«

»Ich?«, fragte Dev. »Ich dachte, das wäre die Aufgabe des Welt-Konsortiums?«

»Devon, du wurdest aus einem bestimmten Grund ... erschaffen.« Charles ignorierte Devs verletzten Gesichtsausdruck. »Du kannst mit jedem dieser Dinge sprechen und sie kontrollieren. Wir brauchen dich da draußen.« Er zeigte nach oben. »In der richtigen Welt, wo du sie aufspüren und wieder zurückbringen wirst.«

Dev wusste nicht, was er sagen sollte.

Charles klang plötzlich viel freundlicher. »Devon ... Dev ... mach dich nicht verrückt. Ob du in einem Reagenzglas erschaffen wurdest oder sonst wie auf die Welt gekommen bist, es macht dich nicht weniger menschlich. Du wirst immer mein Neffe sein.«

Diese versöhnlichen Töne überraschten Dev. Sie erinnerten ihn an frühere Zeiten, in denen sein Onkel noch nicht so abweisend und nur an seiner Arbeit interessiert gewesen war.

Charles fuhr fort. »Immerhin ist es das, wofür du gemacht wurdest.«

Das Gefühl der Wärme, das Dev empfunden hatte, verflog wieder. Er schüttelte die Hand seines Onkels ab und sah Mason und Lot an. Lot lächelte ihr ansteckendes Lächeln, das ihm schon immer gut gefallen hatte. »Wir helfen dir«, sagte sie.

»Ob es euch gefällt oder nicht, ihr beide arbeitet jetzt für das Welt-Konsortium«, verkündete Charles.

»Ja, Sir!«, antwortete Mason zackig, salutierte, so gut er konnte, und grinste über das ganze Gesicht.

Dev, der zwischen Mason, Lot und seinem Onkel stand, dachte nur, was für ein verrücktes Team sie doch waren. Mason war nicht der Vollidiot, für den er ihn anfangs gehalten hatte. Dev musste zugeben, dass er Mumm besaß. Und so schlecht war das Ganze nicht. Immerhin bedeutete es, dass er mehr Zeit mit Lot verbringen konnte ...

»Ich akzeptiere die Mission«, sagte Dev und zwang sich ein Lächeln ins Gesicht.

»Gut.« Charles Parker nickte und entfernte sich. Er sah nicht mehr, wie sich die Miene seines Neffen verfinsterte. Dev hatte noch viele Fragen an seinen »Onkel«.

Und er war ziemlich sicher, dass ihm die Antworten nicht gefallen würden ...

Das Abenteuer geht weiter: Der zweite Band von
INVENTORY
erscheint im Frühjahr 2018
(ISBN 978-3-401-60364-3)

Katja Brandis

Woodwalkers

Carags Verwandlung

Auf den ersten Blick sieht Carag aus wie ein normaler Junge. Doch hinter seinen leuchtenden Augen verbirgt sich ein Geheimnis: Carag ist ein Gestaltwandler. Aufgewachsen als Berglöwe in den Wäldern, lebt er erst seit Kurzem in der Menschenwelt. Das neue Leben ist für ihn so fremd wie faszinierend. Doch erst als Carag von der Clearwater High erfährt, einem Internat für Woodwalker wie ihn, verspürt er ein Gefühl von Heimat. Doch sein neues Leben steckt voller Gefahren ...

272 Seiten • Gebunden
ISBN 978-3-401-60196-0
Beide Bände auch
als E-Books erhältlich

Gefährliche Freundschaft

Das neue Schuljahr auf der Clearwater High beginnt. Voller Begeisterung stürzt Carag sich in die ersten Lernexpeditionen mit seinen Freunden. Doch nicht jeder ist glücklich über die Aktivitäten des jungen Puma-Wandlers. Sein ehemaliger Mentor Andrew Milling hat Rache geschworen und plötzlich fühlt Carag sich auf Schritt und Tritt beobachtet. Als die Lage sich immer mehr zuspitzt, bekommt Carag unerwartet Hilfe von Schneewölfin Tikaani. Aber kann ein Puma wirklich einer Wölfin trauen?

Arena

280 Seiten • Gebunden
ISBN 978-3-401-60197-7
www.arena-verlag.de